JN211515

春となりを待つきみへ

沖田 円

STARTS
スターツ出版株式会社

きみがこの名を呼んでくれるなら
必ず見つけてあげるから。
きみは奇跡を待っていて。

目次

春となりを待つきみへ

第一章

小さな海の底

The first day

『あの星の裏側でおれの名前を呼んでみてよ。
どこに居たって見つけてあげる』

時間の速さは生き物によって一定ではないといつか本で読んだことがある。世界の速度は鼓動を打つ速さで変わるという。心臓が速く動けば世界の流れもあっという間に、ゆっくり音を刻めばそれだけ時間も長く伸びる。

もしもそれが本当なら。時間と心臓が連動し、この小さな胸の鼓動が世界を動かしているのなら、きっとわたしの鼓動は、きみのと一緒にあの日に止まってしまったのだ。

ざわざわと忙《せわ》しなく人が過ぎていく大通り。いつもの通勤路をいつもと同じ時間に、朝に歩いたのとは逆のほうへ向かって進む。

中心部からは少し外れているけれど、このあたりはこの街では随分栄えているほうだ。ビルが立ち並ぶ通りは人通りも車通りも多く、車のヘッドライトがいつも眩《まぶ》しくて、ときどきブレーキ音やクラクションが派手に響く。駅へ続く道でもあるからかもう少し早ければ学生も多いが、日がすっかり暮れた今の時間帯は仕事終わりのサラリーマンやOLとよく鉢合わせた。一本隣の道に入れば飲み屋が並んでいるから、これから一杯って人が多そうだ。わたしみたいに、この時間に真っ直ぐ家に帰ろうという大人はあまりいないように見えた。

なんでもない日の仕事終わりの夜。大勢が行き交う歩道を、なるべく列を乱さないように進んだ。前を行く人が止まれば、うまく肩を避けてぶつからないように。速くはないけれど立ち止まらないように。そうやって昨日までの毎日と同じように家に帰る。

いつもと変わらない日々を送る。ただ時間が過ぎていくだけの日々。

人の言葉は雑音。通り過ぎる景色は不鮮明。

ときどきふと、波の中にのまれて、漏れることなくその一部になって進んでいても、わたしはどこにも進めていないいんじゃないかと思うときがある。わたしだけがこの場に取り残されて動けないでいるような──間違いなく足は動いて歩いているのに、世界だけどんどん先へ進んで、わたしだけがどこにも行けずにここで立ちすくんでいるような、くだらない気のせいに囚われる。

でも、それが気のせいではないことは知っている。あの日からわたしが一歩も動けていないなんて、そんなのは十分わかっている。

──どん、と通り過ぎた人と肩がぶつかった。すいませんと謝ろうとしたときにはもう、相手の背中は人混みの中に消えていて、ぶつかったのが誰だったのかわからなくなった。

喧騒《けんそう》。雑多。点滅する、光。

立ち止まりかけて、でも止まらずに足を進めた。同じ方向へ進む人の流れに乗って、逆らうことなくそこに紛れる。何も考えたりはしない。早く時間が過ぎればいい。一日が終わればいい。あっという間に明日が来ればいい。どんな思いだって全部置いていかれそうなくらい、呼吸をする間もないくらい、こんな世界、とっとと、終わっちゃえばいいのに。

「きゃははは っ、何それえ!」

甲高《かん》い声に目を向けると、大学生らしい集団がすぐそばの道を占領しながら歩いていた。少しだけ歩く速度を速める。人の隙間を縫ってできるだけ前へ、前へ。こんなにもまわりがうるさいのに自分の靴音は聞こえていた。隣よりも細かいリズムで刻む足音は確かにわたしを前へ運んでいる。

だけどやっぱり、どこか、だめだ。足が重い。夢の中で何かから逃げるときみたいになかなか速く歩けない。でもそれは気のせいで、本当は普通に歩いて前へ進んでいるのはわかっている。でも進めていない。だめなんだ。

わたしだけがまわりの世界に——止まらず進んでいく時間に置いていかれている。誰もそれには気づかない、誰もが自分の世界を生きているから、わたしの世界には気づく間もなく通り過ぎる。

そういうものだから、そういうふうにできているから。

誰かの時間が止まっても、世界はけして、止まりはしない。

「ねえ」

急に体が横に引っ張られた。

何とか足を踏み出せたおかげで無様《ぶざま》に転びはしなかったものの、乗っていた流れからは見事に外れ、肩越しに見た一歩向こうには、わたしが歩いていたはずの大通りの人混みが見えた。わたしひとりが外れても、何ら変わらず動いていく、その流れ。

「ねえ」

わたしの腕は誰かのそれにきつく掴まれていた。

——ねえ、と、わたしを呼んでいるのか、もう一度声がして顔を上げれば、人を引っ張れるくらいに強く握られた腕の先、ビルとビルの狭間の夜の路地の暗がりに、にこりと人懐こく笑うひとりの男が立っていた。

「ねえ、ちょっと」

歳はわたしと同じくらいだろうか。癖のある長めの黒髪と同じ色のモッズコートを羽織っているけれど、背の割に細身なのは何となく見てわかる。人目を引く整った顔立ちの男だ。

「ちょっと、お願いがあるんだけどさ」

男はわたしの腕を掴んだまま、人慣れした表情でこてんと首を傾げた。口調は親しげだけれど、恐らく会ったことはない、知らない男だ。もしかして誰かと間違えているのだろうか。それにしてはもう十分にじっくり顔を見られているけれど。

「あの、人違いでは」

状況は掴めていなかったが、面倒事に巻き込まれる前に早めに逃げたほうがよさそうだと感じ、男の手から逃れるように体ごと自分の腕を引いた。けれど思いのほかしっかりと掴まれているそれは、意外にもびくともしなかった。背中に嫌な汗が流れる。

「いや、たぶん、人違いではないよ」

「は？　い、いや、とにかく離してください」

「ん、無理」

「なんで」

「離したら逃げるだろ、あんた」

男が困ったように少し眉を寄せた。困っているのはどう考えてもこっちだ。

「言ったろ、お願いがあるんだって」

「お願いって何？　いや、それよりもあんた誰？　なんなの、一体」

声はすっかり掠《かす》れていた。痛いくらいに鳴る鼓動のほうが、もしかしたらわたしの声よりも大きいかもしれなかった。

「そうだなあ。誰って聞かれたら」

男は考えるように斜め上に視線を投げて、それからまた人懐こい顔で笑う。

「ユーレイ、ってのはどう」

馬鹿じゃないかと言いたかった。でも本当に呆《あき》れたときって言葉は一切出ないものらしい。ざわめきが遠くに聞こえる。後ろを流れる大量の人は、わたしたちがここにいることにすら気づかない。

「ねえ、あんた、名前は？」

男の低い声がざわめきの合間を縫って耳に届いた。それはあんたが訊《たず》ねることじゃないし、答える理由もわからないし、そもそもこっちがあんたの素性を聞いているというのに。

「ねえ、名前」

男は柔らかく微笑んでわたしにそう聞いてくる。

その声は、なんだか不思議な響きを持っていた。その声だけが異質なものみたいに喧騒とはまったく別にわたしの耳に届くのだ。この男のことは知らないし、だからもちろんこの男も、わたしのことを知っているわけがないのに、なぜだかその響きだけは、ずっと前から知っていたもののような気がした。

いや、知っていたというよりも。待っていた、もののような。

「……コハル」

気づいたらそう口にしていた。見ず知らずの怪しい男に素直に答える必要はなかったはずだが、わたしの口からは自然とそう零《こぼ》れていて、零した瞬間、しまったと後悔した。しかしもう遅い。

「ふうん。字は、どう書くの?」

「……珊瑚の〝瑚〟に、季節の〝春〟」

それで、〝瑚春《こはる》〟。

春とは言い難《がた》い真冬の季節に生まれたわたしに、両親が付けた名前だ。

「そうか」

男のくちびるが小さく動く。そして確かめるように、わたしの名前を呼ぶ。

「瑚春」

——心臓が、鳴った。

迫り上がってくる熱に思わず呼吸を止めていた。鼓動はゆっくり音を強め、足の指先から頭の一番奥のところまでだんだんと体中に響いていく。それは、さっきまでの不安に満ちた鼓動とはまた別の鼓動だ。ときめきだとかそんな馬鹿みたいなものでもなくて。

ただ、その名前を。わたしの名前を呼ぶその声が、なんだかとても、懐かしくて。

そう、なんでだろう。まったく違うはずなのに。それでも、どうしてか。

『コハル』

ずっと、呼んで欲しいと願っている声に、似ていて。

「…………」

気づけば、男はもうわたしの腕を離して、ただそこに立ってわたしを見ていた。繋がりは途切れ、いつでも逃げられる状況だ。大きな通りはわたしの側《がわ》にあって人もたくさんいる、そこに紛れれば追っては来られないだろうし、もし何かあっても助けが呼べる。

なのに、わたしの足はその男の前を動こうとはしなかった。

頭ではわかっていた。早く逃げないといけないと。こんなに怪しい変な奴には絶対に関わらないほうがいい。おかしなことに巻き込まれる前に早くここから離れて、いつものあの日々に戻らないと。止まってしまっているのに壊れてくれない、わたしの世界に、戻らないといけないのに。

「あんたの、名前は」

頭ではわかっていたんだ。それなのにもっと別のところがわたしの足を動かさなくて、わたしの口から、そんな言葉を吐き出させた。どうしてかはわからない。ただ、早く逃げたい、関わりたくないと思っているのは事実なのに、もしも今ここから逃げて、この男の前から消えてしまったら、もう二度ときみの声が聞こえなくなるような……わたしの声が、きみに届かなくなるような、そんな気がしたんだ。

「トウマ」

男が答えた。とても柔らかな響きだった。

「冬に、真実の真を旧字で書いて〝冬眞《とうま》〟。それがおれの名前」

「……冬眞」

季節が入っているのはわたしと同じだった。この男も冬に生まれたのだろうかと、そんなどうでもいいことを思った。

無意識に手が胸元に伸びる。コートの上からでも僅《わず》かに硬い感触のわかるそこ——服に隠れた鎖骨の下、心臓よりも少し上にくる位置に、もう十年以上も前からずっと着けているペンダントが下がっている。

血のような、真っ赤な石のペンダント。

「ねえ瑚春、お願いがあるんだけど」

何度か繰り返していた言葉を、目の前の男——冬眞は、もう一度口にした。わたしは何も答えないままその姿を見上げていて、冬眞は、まるで古い友人にでも語り掛けるかのように、静かに目を細め、言った。

「おれを連れて行って」

いつもの帰り道。コンビニに寄るのだけを忘れたいつもの帰り道。星の昇る空の下、なだらかな坂道をのぼって行くと丘の上にあるモダンなアパートに辿《たど》り着く。二階建ての上の階の一番端、そこがわたしがこの街に来てからずっと暮らしている場所だった。

ここは、山に囲まれた内陸の、大きなわけではないけれど賑《にぎ》わいのある街だ。五年前、生まれた海辺の町を離れてから、なんとなく居ついたこの場所で、わたしは生きている。

街の中心部を少し離れたこの丘は、住宅街が広がっていて静かなところだ。五年前まで名前すら知らなかったこの街にやって来たのは本当に偶然だったけれど、この場所の静かな雰囲気が気に入ってここに住むことを決めた。

街を見下ろせる丘の上までの坂をのぼって、のぼりきった先にあるロータリーを抜ければわたしの家が見えてくる。いつもの、今のわたしの帰る場所だ。

「へえ、あそこがあんたの家？　可愛いアパートだね」

後ろから聞こえる声に足を止めずに振り返ると、愛想よくにこりと微笑まれるから、わたしはすぐさま視線を正面へ戻した。

なんで付いて来ているんだ、あの男。

「ねえ、わたし、付いて来ていいって言った覚えないけど」

振り返らないまま呟《つぶや》くと、冬眞は声を掛けられたことに気をよくしたのか、とことこと早足で駆けわたしの隣に並んだ。

「だっておれ行く場所ないしさあ。ほら、困っている人を見たら助けなさいって、小学生のときに教わらなかった？」

「怪しい人に関わっちゃいけないとは教わった」

「ああ、それ大事だよね、今の世の中物騒だし」

うんうんとひとりで頷《うなず》く隣の怪しい男にわたしは何も言い返すことができない。正論を述べられたときではなく、完全に的外れなことを言われたときほど何も言い返せないものらしい。身をもって実感、そしてため息。

ついさっきのことだ。

偶然、かどうかは知らないけれど、街でこの男と出会って、明らかに変な人だとはわかっていたけれど逃げずにいたら『連れて行って』なんて馬鹿みたいなことを言い出して。それで、本当に本当になんとなくだけど、なぜあの人混みの中でわたしを選んだかわからないこの男に、なんとなく、妙な感じを覚えて。妙な、っていうのは、怪しいとかではなく、いや、もちろん怪しいのに違いはないのだけれど、でもそれだけではなく、なぜだかとても懐かしく思えたのだ。

この、冬眞という男とわたしは、紛れもなく初対面のはずなのに。

　だけど当然、たかが気のせいに惑わされて変な他人の言うことを聞いてやるほどわたしはお人よしではないし、馬鹿でもない。冬眞が変なことを言い出した途端『絶対嫌だ』とひと言告げて、人混みに紛れ込んで逃げたはずだったのだが、気づけば、ストーカーにしては堂々と後ろを付いて来ていたものだから、わたしはどうしたものかと頭を抱えた。

「さすがにそろそろ警察呼ぶけど」

　アパートの門の前で、もう居なくなっていたりしてと僅かな期待を込めて振り返れば、それは粉々に打ち砕かれる。

「なんで？」

　と首を傾げる姿に盛大なため息が漏れた。いや、なんでって、こっちが聞きたいわ。

「おれ女の子にそんなため息吐《つ》かれたの初めて」

「そりゃどうも。あんたの初めての女になれて幸せだわ」

　もう一度大きく息を吐《は》いてアパートの門をくぐった。その先は吹き抜けになっていて、それを囲むようにコの字に居住スペースが建っている。ここに住む際の一番の決め手は家賃の手頃さだったけれど、地元出身のデザイナーが南欧をイメージしてデザインしたらしいこの異国情緒漂う雰囲気は今でも気に入っている。

　名前も知らない背の高い植木の向こうに二階へ続く階段がある。そこを上がって行く途中、門の前で佇《たたず》んでいる冬眞の姿が視界に入って、とん、と右足を上げた状態で足を止めた。

「あんた、何してんの」

「だって、瑚春、一緒に来ていいって言ってないだろ」

今さら言うのか、それ。確かに言っていないし、言っていないということをさっき言ったはずだけど。こんなところまで付いて来てからそんなことを言うのか。こんな、すでに家の前まで来ておいて。

「……おいでよ」

諦めるしかない。小さい頃は自分から折れることが少なかった分、大人になって簡単に諦める性格に変わってしまった。

「いいの？」

「まったくもってよくないけど、とりあえずそこに居られると他の人の迷惑になるでしょ。だから早く来い」

「うん、すぐ行く」

楽しそうに階段を駆け上がってくる姿がむかつく。計算のうちなんだろうか、ここまで来てからこう言えばもう付いて来させるしかないからって。

……いや、警察を呼ばれる可能性のほうが高いからそれはないか。なんか本当に、変な奴。

「いやあ、瑚春は世界で一番いい奴だな」

「本当だよね。たぶんもうこんなこと二度とないけど」

　というよりも、二度もあったら神様を呪《のろ》う。

「言っておくけど、おかしなことしたらすぐ警察呼ぶからね。もしくはあんたをフライパンで殴るから」

「大丈夫だって。大人しくします。おれはいい子だよ」

　本当かよ、と言わない代わりに何度目かのため息を吐いたら、冬眞はなぜだか嬉しそうに笑っていた。それを横目で見ながら階段を上がり、角にある自分の部屋へ向かった。

　玄関の前にはランプの形をした電気が下がっている。この間、切れかけていた電球を大家さんがLEDに取り換えたばかりだ。廊下を照らすその灯りは、妙に眩しくてどうにも目を伏せてしまう。

　鍵を開け、中へ入った。昨日までは暗い部屋の中へひとりで帰っていたけれど、こうして誰かとふたりでなんて一体いつ以来だろう。そんなに久しぶりじゃない気もするけれど、変に落ち着かない。玄関の脇にある電気を点けて靴を脱いだ。キッチンとバストイレとワンルームだけの小さな家だが、ひとりで生活するにはこれで十分な広さだ。

「ちゃんと鍵閉めてね」

「はい」

お邪魔します、と律儀に呟きながら、冬眞は部屋へ上がってきた。わたしは居間の灯りを点けて、荷物とコートをベッドへ投げた。

「綺麗な部屋だな。でもなんか、若い女の子の部屋にしては物が少ない感じ？」

遠慮というものを知らないのか、冬眞はきょろきょろと部屋の中を見回している。

「あんまり物に執着ないから」

「へぇ。女の子なのに珍しい。女の子っていろんな可愛いもん集めるものじゃないの？」

「子どもの頃はそうだったけどね」

ソファや椅子も置いていないから適当に座らせて、脱いだコートもそのあたりに放らせた。普段から物を置いていないおかげで、こんな大きな物が増えても邪魔にならないのが幸いだ。

「盗まれて困るものもないから、あんたを上げてあげることもできるってわけ」

「なるほどな。この家で唯一大事なのは、瑚春自身ってわけか」

冬眞が、首を傾げて見上げながら笑う。わたしはベッドに座りながらそれを見下ろして、その笑みに、嘲笑《ちょう》で応えてみせた。

「まさか。わたしが一番、いらないものだよ」

そう、どんなものよりも。わたしにとってはわたしが一番いらないものだ。一番執着がなくて、一番どうなってもいいもので、できるのならすぐにでも消えたっていいと思っている。

冬眞が何か言いたげに顔を歪《ゆが》めた。だけどそれに答えるのは面倒で、見ず知らずの他人に話したいことでもないから、わたしは話題をすり替えるように立ち上がり、ついでに目の前の男の襟首を引っ掴んだ。


外ではわからなかったけれど、明るいところで見たら随分と汚いことに気がついた。どこをどれだけほっつき歩いていたのか知らないが、汚れた状態で部屋をうろちょろされるのも困る。ちょうど前の彼氏が置いていったスウェットが残っていたから、着替えにはそれを使わせることにした。下着も痴漢対策にと大家さんがくれた一度も使っていない男物があって、たぶん今後も使わないだろうから冬眞にあげた。

シャワーの音が、半透明のドアの向こうから聞こえている。

「バスタオル、洗濯機の上に置いとくね」

「ああ、ありがとう」

脱衣所から声を掛ければ、シャワーの音に混ざって返事が聞こえた。わたしはエコーの入ったそれを聞きながら、音を立てないように静かに、籠に積まれている冬眞が脱いだ服に手を伸ばした。着ていたパーカーとジーンズ。これじゃあまるでわたしが変態みたいだなと思いながら、それをポケットから裏側から何から全部探ってみるけれど。

……やっぱり、何も持っていない。

コートも調べてみたけれど、冬眞は携帯も財布も何も持っていなかった。さすがにシャワールームにまで持ち込んでいるとは考えにくいし、だとしたらやはり初めから身ひとつでさ迷っていたということになる。今のご時世、まともな人間で、携帯や身分を証明できるようなものをひとつも持っていない人なんて居るんだろうか。

居るわけ、ないような……でも、そしたら。

『ユーレイ、ってのは、どう?』

そんな馬鹿げたことを言っていたけれど。もしかしてあれって、冗談なんかじゃなくて。

「……」

いやいやいや、そんなことあるわけない。ユーレイがシャワー浴びるわけないし、そもそもだったらこの服だって何なのって話だし。きっと誰かにカツアゲされて困って、だからわたしに助けを求めたってそんなパターンだろう。でも、だったら交番に行ったほうが確実か。それなのに警察に頼らなかったってことは、まさか……犯罪者、とか。
……もしかしてわたし、とんでもない拾い物をしてしまったんじゃないだろうか。
やっぱり警察に連絡したほうがいいのかな。だけどこんな男を拾って部屋に上げた
だなんてわたしも変な疑いを掛けられそうだ。面倒事は御免だけど、いやそもそも、
すでに面倒事には巻き込まれている気がするんだけれど。
一体、どうしたもんか。
「……ねえ、あのさあ」
「え？」
突然掛けられた声に振り返れば、シャワールームのドアの隙間から、顔だけ覗かせ
ている冬眞がいた。
「別に、おれの裸が見たいんならそこに居てもいいんだけど。いや、パンツ握ってる
くらいだから、むしろ誘ってる？」
「すぐに出て行くから待ってて」
わたしはパンツを籠に戻して、すぐさまその場を離れた。

湯気を立ちのぼらせながら冬眞が部屋に戻って来た。背が高かった元彼のスウェットは丈はぴったり合うものの、ゴムの緩んだウエストのほうは冬眞には少し大きいようだ。冬眞は、最初に思ったとおり細身だけれど背はすらりと高く、一見してモデルでもやっていそうな感じだ。こいつが頼めば拾ってくれるお金持ちのお姉さんなんて山ほど居そうな気もするけどなと思いながらじろじろ見ていたら、その視線に気づいたのか、冬眞は頭に置いていたタオルの隙間からわたしを覗いた。こてんと首を傾げて「あんたも入るか」なんてまるでここが自分の家であるかのように呟く。

「ねえ冬眞」

座ったベッドの上から呼ぶと、冬眞はわたしの目の前に腰を下ろした。カーペットの上で座っている冬眞をわたしは見下ろす形になる。冬眞の瞳の色はとても黒くて、まるで夜が染み込んだかのようだ。

「あんた、本当に一体なんなの」

どうでもよくて、とても重要なことだった。今わたしの目の前に居るこの男が、一体なんであるのか。知らなくてもいいことかもしれない、それでももうどうしようもないほどにわたしはこいつに関わってしまっている。知らなくてもいいことだが、あまりにも、わたしはこいつを知らなさすぎる。

冬眞、あんたが、なんなのか。

「瑚春はなんだと思う？」

「今のところ最有力候補は指名手配犯」

「ほう、指名手配犯。なんで？」

「全国の警察その他もろもろに追われてて、身を隠すために一般人であるわたしのところに逃げ込んだって寸法。で、いざとなったら人質にしようとしてたり」

「あんた二時間ドラマとか好き？」

「どっちかっていうと嫌い」

「そうなんだ」

からからと冬眞が楽しげに笑う。

「悪いけどおれ、犯罪なんて、つまみ食いすらしたことないよ」

「じゃあ、なんなわけ。お忍びで来日中の某国の王子様とか？」

「あ、それいいね。息苦しい場所を抜け出して、自由を求めて旅立つプリンス？」

「そのままここからも旅立って欲しいね」

「寂しいこと言うなよ瑚春。泣くぞ」

「やめろ」

ボフンと枕で顔を殴れば、なぜだか声を上げて笑うから、わたしは逆にむすっと黙り込んだ。やっぱりこいつは犯罪者なんかじゃなさそうだ。だって、こんな、生きるなかで辛いことなんてひとつも知らないみたいな顔で笑うような奴なんだから、きっと、温かい幸福な場所で生きてきたに違いない。

「なあ瑚春、おれはなんなんだってあんたは聞くけどさ」

伸びてきた手に持っていた枕を奪い取られた。冬眞はそれをぎゅっと抱き締めて、わたしから少しだけ視線を逸らした場所で、小さく笑う。

「言ったろ。おれはユーレイだって」

枕にうずめた白い頬。まだ濡れている黒い髪がゆるりとその上を滑っていく。

遠くで、救急車のサイレンの音が聞こえる。透明な今の季節の空気は、遠くの音が、よく響く。

「何、馬鹿なこと言ってんの。そんなわけないじゃん。冗談言ってないでさ」

「冗談じゃないよ。本当のこと」

「だから何言って」

冬眞の瞳がこちらを向いた。髪と同じ夜の色の瞳は、冬の空と同じく、澄んでいて透明だ。

「本当だよ。おれは一度死んでるんだ」

それは言葉とは裏腹にとても穏やかな口調だった。その声と表情は、悲しみというよりも慈しみに満ちていて、まるで大切な愛しい何かに微笑みかけているみたいだ。

ただ、それが何かまではわたしにはわからない。

――ぐぅ。

と小さな呻《うめ》き声のようなものが鳴ったのはまさにその直後だった。枕にいそいそと顔を埋め始める黒い頭を、わたしは穴を開けるような心持ちでじっと見ていた。

「ユーレイでもお腹減るんだ？」

「そりゃもちろんだよ」

「お金掛からないならしばらく置いてやるのも有りかと思ってたけど、食費掛かるなら養えないな」

「そんなこと言うなって。瑚春ならできるさ」

「あんたがわたしの何を知ってるわけ？」

ため息を吐いて立ち上がる。そういえばなんだかんだで自分もお昼から何も食べていなかった。思い出したら急にお腹って減ってくるもんだ。確か、カップラーメンがいくつか残っていたはず。

「そうだ瑚春、こうしよう」

「どうしよう？」

「ご飯作ってあげるから、しばらくここに置いて」

確実に割に合わない。

呆れるわたしを差し置いて、冬眞は返事すら待たずに意気揚々《ようよう》とキッチンへ向かう。まさかとは思うけど本当にご飯を作る気じゃないだろうな。そしてそれを理由にここに居座る気じゃないだろうな。

「おい瑚春。もうちょっと冷蔵庫の中身充実させとけよ。女の子だろ」

本当に、まさかとは、思うけど。

「ちょっと冬眞、何しようとしてんのあんた」

声を張り上げれば、冷蔵庫を覗いていた冬眞は首を傾げてこちらを向いた。

「だからご飯作ってやるって言ってんだろ。あ、今だけじゃないからな、ちゃんと毎日作るから。朝昼晩。弁当必要ならそれも作るよ。リクエストも可」

「いらないよそんなの。とりあえず今日はカップラーメンでも食って、明日には出て行け！」

「ひどいこと言うなよ。それにおれ、料理得意なんだ。どうせあんたろくなもん食ってないんだろうし」

冬眞がくすりと笑う。

「だって瑚春は、料理が苦手だもんなあ」

「はあ？　何言って……」

怒ろうとしたものの図星だから言い返せなかった。確かにわたしは自炊が得意ではなく、そのおかげで普段食べているものもまともだとは言い難い。だけどふと、なんでそれを言い当てられたんだろうと不思議に思った。苦手ではあってもまったくしないわけではないから、器具はある程度揃っているし、キッチンも片付いていると思う。冷蔵庫の中身だって今は確かに少ないが、ひとり暮らしならだいたいそんなものだろう。わたしが料理ができないという根拠は見当たらない。

「まあ、そうだなあ。なんとなく、かな」

聞いてみても理由は冬眞自身もあまりわかっていないようだ。首を傾げてきょとんとした顔をしている。

「あんたさ、なんとなくで決め付けないでくれる？」

「でも当たってたんだろ？　だって言い返さなかったし」

「……」

ほら、言い返せない、と冬眞が笑うから、わたしは戸棚から出した二個のカップラーメンを投げ付けて部屋に戻った。

布団に潜ってぐだぐだして、しばらくしたらいい匂いがしてきたから布団から出たら、いつも食べているインスタントラーメンが何やらおいしそうな料理に変身してテーブルに置かれていた。

「インスタントのラーメンも、ちょっと手を加えるだけでずっとおいしくなるもんだよ」

食べてみたら、なるほど確かにいつもよりもかなりおいしい。この男、自分で得意というだけのことはあるみたいだ。家政夫としてここに置く価値がある……とは言い切れないけれど、なんとなく便利だなあとは思ってしまうから困った。

冬眞は、わたしがもそもそと食べ続けているのを確認してから、ようやく自分も食べ始めた。自分で作ったくせにやけにおいしそうに味わって食べているもんだから「おいしそうに食べるね」とそのまんま口にしてやったら、

「まあね。子どもの頃は、あんまりこういうの食べられなかったから」

と言って笑っていた。

「何それ、カップラーメンも食べられなかったの？　もしかしてあんたン家ド貧乏だったとか？」

「言うねえ、瑚春」

「あ、そっか。だからホームレスなんだ。納得」

「いやいや、言っておくけど別に普通の家だから。格別金持ちなわけでもないし。ふつう」

「……ふうん」

「あ、信じてないね、その目」

「あんたのことは何ひとつ信じてないよ」

ずずっと麺を啜《すす》る。あ、料理のおいしさだけは信用してあげてもいいかもしれない。その他のことは、本当に、まるで、信用どころか不信感すら抱けないくらいに何もわかっていないけれど。

「瑚春」

「何？」

「これからよろしくね」

「いますぐ出て行け」

ちょっと大きな捨て猫を拾っただけだ。なんて、都合のいいこと思えるわけがないじゃないか。

第二章

The second day
流浪《るろう》の春雷《しゅんらい》

『半分こするんだ。ふたりでひとつ。
これで、いつだって、一緒に居られるでしょう』

枕元に置いていた携帯の無機質なアラームで目を覚ました。いつも遮光カーテンは閉めていないから寝覚めの眩しさには慣れている。けれど、この朝から漂う香ばしい匂いは慣れ親しんだものではない。

寝起きはいいほうじゃないけれど今日のは褒められたものだろう。完全に目を見開いてベッドから体を起こせば、テーブルの上に焼かれたトーストとベーコン付きの目玉焼き（二セット）を発見した。

「起きたか瑚春。おはよう」

キッチンから形の違うカップをふたつ持って現れたのは、背の高い黒髪の男。カップを置いてテーブルの前に座る仕草はまるでずっと昔からここで暮らしているかのように自然だが、そんなわけもない。

「夢のように消えて欲しかった……」

「ん、何。悪い夢でも見た？」

「うん、今、まさにね」

淡い期待は抱いていた。昨日の夜の出来事はすべて夢で、朝になったら全部消えてなくなっているんじゃないかって。いや、全部なくならなくてもいいんだ。この男が居なくなれば、それでいい話、なんだけど。

「ほら、朝ご飯作ったからちゃんと食えよ。コーヒーが冷めちゃう前に」

……どこのお母さんだ、本当に。

頭を抱えつつ、とりあえず今は怒鳴る体力も気力もないので、ずるりとベッドから滑り出し冬眞の向かいに座った。トーストは焼き立てみたいでなんとも香ばしい匂いがするし、カップに注がれたコーヒーからも熱々の湯気が立ちのぼっている。こんな朝食らしい朝食、見たのはいつ以来だろう。

「うち、コーヒーなんてあったっけ。切らしてた気がする」

ずずっと無作法に音を立てながら啜った。ミルクと砂糖のたっぷり入った甘いコーヒーはまさしくわたし好みの味だ。ちなみに冬眞のはブラックである。

「ゴミが溜まってたから捨てに行ったら大家さんって人に会ってさ。ここ牛乳しか置いてなかったから、頼んだらくれたんだ。ついでにベーコンも、そのおばさんからの貰《もら》いもの」

「あんた誰って、聞かれなかった？」

「聞かれたよ」

「わたしの家に、居るって言ったの？」

「もちろん。瑚春さんのところにお世話になっている者ですって、きちんとお行儀よくご挨拶したよ」

よし、なるべく大家さんには会わないように気をつけよう。世話好きで気のいい人だけど、おばさんらしくあれやこれやと詮《せん》索するのが好きだから、もし次に顔を合わせたら冬眞のことをさんざん聞いてくるに違いない。考えただけで面倒だ。というか、確実に、ヒモ彼氏に捕まったと思われているだろうし。ああもう、最悪だ。

　朝食を食べ終えて、冬眞に片付けをさせている間に身支度を済ませた。簡単に化粧をして着替えたわたしに「どっか行くのか」なんて冬眞が聞いてくるから、そろそろ本気で追い出してやろうかと思った。

「でかい捨て猫を拾ったし、お金が必要なんでね」

「ああ、仕事か。そりゃそうだな。お弁当は？」

「いらない、いつもコンビニで買ってるから」

「明日からは作っておいてやるよ」

「いらないって言ってる」

　一着しか持っていない古いコートを羽織って、マフラーを首にぐるぐる巻きにした。右袖の縫い目が少し解《ほつ》れているのに気づいたけれど、見なかったことにした。

「冬眞、わたしもう行くけど、あんたは絶対何があってもここで大人しくしてること。もしくは出て行って二度と戻らないこと」

「大人しくしてます」

「できれば出て行って欲しいんだけどね。あ、お昼はカップラーメンでも食べてて。他にないから」

「瑚春、何時頃帰ってくる？」

「たぶん八時過ぎ頃だと思う。なんか変なことしてたらぶん殴るから、本当に大人しくしててね」

もしくは出て行って二度と戻らないこと、ともう一度言って、わたしはいつもの鞄だけを持って家を出た。あんな知らない他人を自分の家に残して出掛けられる人間なんてきっとわたしだけだなと思いながら、ため息を吐き、階段を下りた。

なんだか昨日からたくさんため息を吐いているような気がする。今までこんなに吐いたことはなかったのに、いや、最近はため息を吐くほど何かに感情を揺らされることがなかっただけのことかもしれない。だとしたら、昨日からこんなにたくさん吐き出されている息はなんなのだろう。

「精神的な、疲れかなあ」

見上げた空は、透明で青い。

開店前の店内には、外国のロックバンドの音楽がかかっていた。店長のお気に入りのバンドで、日本ではまだかなりマイナーらしいから、ただでさえ洋楽を聴かないわたしにはさっぱりわからない音楽だった。けれど開店後には落ち着いたジャズに切り替えられてしまうこの人たちの歌は、毎朝聴いているせいか、もうすっかり耳に馴染んでいる。名前すら知らないロックバンドだけれど、知らず知らず適当な英語で口ずさむ程度には頭に入ってしまっている。

「おはようございます」

店内に入ると、商品を整理していた店長がわたしに気づき振り向いた。

「おう、おはよ。なんだ今日は早えな、珍しい」

少し前から生やし始めた髭《ひげ》のせいで、随分悪くなった人相がにいっと笑う。

「はい、ちょっと朝起こしてくれる人が居たので」

「お、新しい彼氏か。紹介しろよ。見定めてやる。おまえ男見る目ねえからな」

「違いますよ。捨て猫拾ったんです。でかいやつ」

「猫かあ。ちくしょう見てえな。でもおれ猫アレルギーなんだよな。可愛いけどな」

この間仕入れたばかりのアンティークオルゴールを磨きながら、店長がぶつくさ呟いた。けれど恐らくわたしが拾った〝猫〟はアレルギーの心配はしなくてもいいだろう。ただし、だからこそ店長には絶対に見せられないが。

わたしが住む丘から、街の中心部を抜けて、地元を走るローカル電車の駅を通り過ぎた先。新興住宅地と合わせて開発された商店街に、わたしが勤めている店はある。

髭面の三十二歳がオーナー兼店長を務める、輸入雑貨やハンドメイド作品を主に扱う個人経営の小さな店だ。この街にやって来てから五年間、わたしはここで働いている。

育った町を出て二週間くらい経った頃のことだっただろうか、偶然にここを見つけたのがきっかけだった。何をするでもなくふらふらと歩いていたときに、たまたまオープン直前だったこの店の前を通ったことがそもそもの原因だ。販売業には興味がなくて、おまけにそのときはまだ仕事を探そうだなんてまともなことも考えていなかった。だから本当にただなんとなく、店の前に貼ってあったスタッフ募集の貼り紙を眺めていただけだった。

『あ、きみ、採用ね』

眺めていただけなのに、突然横からそんな声が聞こえた。振り返ればまだ髭が生えていなくてまだ二十代だった店長が、にこりと笑って横に立っていた。

思えばあのときから、わたしは自分勝手な他人の言動に流される傾向にあったのかもしれない。あそこできちんと断れていれば、今になって大きな捨て猫を拾ってしまうこともなかったような気がするけれど、そんなこと考えたところで仕方ないし、今さらどうしようもない。ただ、そんな成り行きからでも、わたしはずっと続けてここに居る。いつも気楽で適当で、突き放すことはないけれど故意に近寄りすぎることもない。そんな店長だからだろうか、なんとなく、ここは落ち着ける場所だった。

「でも猫って可愛いよな。もう体痒《かゆ》くって仕方ねえんだけど、それでも抱っこしたくなるよな」

「そうですね」

まだひとりで猫談義を続けている店長に、床を掃きながら適当に相槌《づち》を打つ。

「高飛車なのがまたそそられるんだよ。媚《こ》びねえあの感じがな、たまんねえよな。瑚春んとこのもそうだろ？」

「どうですかね」

だから猫じゃないし。それにどちらかというとあいつは、必死で尻尾を振ってきて、少し甘やかせば素直に喜ぶ犬みたいだ。

「そういや瑚春、その拾った猫にちゃんと名前付けたげたのかよ？　おまえそういうの無頓《とん》着そうだけど。まさかネコとか適当に呼んでんじゃねえだろうな」

「あ、はあ……えっと、トーマ？」

「おお、トーマか。瑚春にしてはかっこいい名前付けたなあ。あ、そうだ、もう明日そいつ連れて来いよ。家でひとりで置いておくの可哀想だろ。おれアレルギーに負けねえから」

「何言ってんですか」

「おれアレルギーに負けねえから」

「二回言わなくていいですって。ていうか、無理ですから」

「えええ」と店長は文句を垂れるけれど、連れて来られるわけがない。わたしが拾ったでかい捨て猫は、店長が思っているような高飛車の可愛い子猫じゃないのだ。

大きな拾い物。けして拾いたくて拾ったわけじゃない拾い物。

なんか、変な、ひと。

結局まだ何もかもがわからなくて、わかっているのは名前と料理の腕だけで、他には一切何も知らない。あいつが一体誰なのかも、どこから来たのかも。そしてなぜわたしのそばにいるのかも。

「店長」

「ん？」

「ユーレイって、本当に居ると思います？」

「急だねえ」

「急ですけど」

うーんと、考える振りをして、でもたぶん本当は大して考えていないんだろう。無駄に神妙な面持ちで呟く。

「居ないな」

「なんでですか？」

「だってよく言うだろ。魂だけで存在できるんなら、体を持っている意味がないって。おれはその説に賛成だね。っていうかそうであって欲しい。うん、むしろ存在するな、ユーレイ」

「店長、ただユーレイが怖いだけなんじゃないんですか？」

「馬鹿言うんじゃねえよ。おれが怖えのは世界中でゴキブリとピーマンだけだ」

「そうですか」

おばけが苦手なだけの店長の意見はどうであれ、確かに、誰かに聞くまでもなくユーレイなんてものは存在しないと初めからわたしは知っていた。そのくせに我ながら馬鹿な質問をしたものだと思う。心臓が止まって死んでしまえば終わりで、何もかもが消えてなくなってしまうなんてこと、とっくの昔に知っているはずなのに。ユーレイだ、一度死んでるんだ、なんて。そんな馬鹿みたいな話、あるわけがない。

「そうそう瑚春。話変わるけど、喫茶店の奥さんがさ、おまえに相談があるって」

「相談？」

「店の前の空いた植木鉢に次は何を植えようかってさ」

店長が、ディスプレイ用の造花の埃《ほこり》を拭きながら言う。

「なんでそれ、いつもわたしに聞くんでしょうね。もっと植物好きな人に聞けばいいのに」

「さあな。おまえがあわあわしながら答えるのが楽しいんじゃやねえの」

「そんな趣味の悪い楽しみ方するの、店長くらいですって」

そのわたしの言葉に肯定も否定もせず、店長はイヒヒと安い悪役みたいに笑う。

商店街の入り口付近、この店から程近いところに地元民に人気の喫茶店がある。脱サラしたらしいご主人がうちの店長と仲が良く、わたしも何度か連れて行ってもらったことがあった。

その店の表には、いつも綺麗な花が飾られている。ガーデニングが趣味というご主人の奥さんが毎日世話をしているそうだ。背の低い台とその上の鉢植えは、足元を見ながら歩いているとよく視界に入ってくるものだから、通勤時にそれを眺めながら商店街へと入るのがいつの間にかわたしの日課になっていた。

そんなふうに、わたしはただ通り過ぎざまに花を見かけるくらいなのだけれど、どうしてか喫茶店の奥さんは、鉢の中身を植え替える際にときどきわたしに何がいいかと相談をしてくるのだ。わたしは植物には詳しくないから、希望を伝えるというよりは知っている名前を答えるばかりだったのだが、奥さんはそれで満足なのか、九割九分の確率で、数日後にはわたしが答えたものが喫茶店の軒先に飾られていた。

「でも真冬のこの時期だろ、咲く花なんてあるのかね」

「パンジーとか？」

「パンジーか。ベタだな」

「だって、わたしも冬の花なんて知らないですから」

調べて答えるならまだしも、今ぱっと思いつくものなんてそれくらいしかない。おそらく他の有名どころも含め、冬にだって咲く花はたくさんあるのだろうけれど、春の花すらまともに答えられる自信がないわたしに、いくつもの花の名前を挙げろというのは荷が重い。

そう、思い浮かぶものといえば、あとは——

「ビオラ、とか」

「ビオラ？」

「パンジーの小さいやつです。たぶん、パンジーと同じくらいよく見るから店長も知ってるんじゃないかと」

「ああ、見たことあるよ。可愛いよな、あれビオラって言うのか」

「ビオラなら、冬にも咲きます」

その花に関してだけは多少知識がある。間違いなく、ビオラは今の時季も園芸店でよく見かけた。丈夫で育てやすく、可憐でたくましい花だ。他の植物には興味のないわたしが唯一好きになった花。

「そっか、じゃあ奥さんにそう伝えておくな。ビオラか」

店長は、綺麗になった造花の葉の位置を整えている。生花と違いその花は、いつまで経っても枯れることなく美しく瑞々《みずみず》しいままだ。その代わり、呼吸をしていない。

「……あんまり、わたしの言うことを参考にしないでって言っておいてください」

冬の花は他にいくらでもある。わたしがそれしか知らないだけで、ことさらに希望するほどのものでもない。わたしがビオラを好きだったのは昔の話だ。今はもうその花は、わたしにとってなんら特別なものではなく、きっともう二度と、好きだと思えることもないのだと思う。


「あ、そうだ瑚春、ちょっといいか」

お客さんが一旦引いた暇な時間帯だった。ひらひらと手を振る店長に歩み寄れば、何を言われるでもなく渡された一冊のファイル。

「やっぱおれには無理だったわ。そこの担当は、全部おまえに任せることにした」

わたしの文句を聞きたくないのだろう。よろしくね、と早口で言ってから逃げるように奥へ消える店長を見えなくなるまで睨《にら》んでから、渡された手元のファイルに視線を落とした。それには、つい先日から店長の独断と偏見で始めた天然石を扱った商品に関する資料がまとめられていた。わたしも販売する者としての知識のため何度か覗いたことはあったけれど、似たり寄ったりのカタカナの名前、それから産地やら硬度やら材質やら意味やら、何やらよくわからない説明が長々と書かれていたものだから、毎度心が折れて早々にパタリと閉じてしまっていた。そしてわたし以上に店長には向いていなさそうだなと思っていたけれど……まさかここまで早く挫折するとは。仕入れた当初は『おれが売りまくってみせるぜ』と張り切っていたくせに。

「わたしだって無理だっつうの」

店内の一角にそのコーナーは設けられている。アクセサリーや置物、原石そのものなんかも置いてあって、ＰＯＰには石の名前の他に、込められた意味というものも併せて記入している。パワーストーン、とお客さんは言う。石には恋愛運とか金運とかそれぞれに意味があるらしくて、自分の望む意味合いの石をお守り代わりに身に着けるといいそうだ。流行っているらしくて人気はある。説明を求められて、付け焼刃の知識でどうにか対応して、欲しい意味合いの石を見つけたお客さんが笑顔で商品を買って行くのをすでに何度か経験した。

接客中はいつも、冷めた心地だった。どれだけ知識を詰め込んでも石を見てもお客さんと話をしても、わたしは到底〝意味合い〟なんてものに興味が持てなかった。だってこんなもの、どうせ掘り起こした人間が後から適当に付けたものだ。おまじないや雑誌に付いた星占いと同じ、ただの気の持ちようで、こんな綺麗なだけの石ころが、何かを叶《かな》えてくれるはずもない。

『これが結んでくれる。おれとコハルが、どんなときでもきっと、離れ離れにならないように』

そう、そんな馬鹿げた話、どこにだってあるわけないんだ。ただの気休めでしかなく不確かなそれは、けして自分にとって大切な何かを、守ってくれるわけじゃない。

「なあ瑚春」

気づけば店長が表に戻って来ていた。店内のBGMもいつの間にかジャズからロックに変わっている。店を閉めているわけではないのに、お客さんが居なくなるときどきこうして店長は勝手に音楽を変える。おかげで落ち着いた路地裏のカフェをイメージしているはずの店の雰囲気はぶち壊しだ。

「なんかもうちょっとこれ、売り方ないかなあ。こう、意味とかだけじゃなくてさ。パワーストーンっちゅうのをあんまり知らない人にも見てもらえるような。こう意味合いだけ置いててもなかなかとっかかりにくいと思うんだよな。どれを選べばいいのかわかんねえし」

店長がこつこつとピンク色の石を指でつつく。

「いいアイディアない？　おれこういうのあんまり興味ないから、おれでも興味湧きそうなやつ」

「自分で考えればいいじゃないですか。ていうか、興味ないなら仕入れなかったらよかったのに」

「だって流行ってんだろ？　流行には乗らねえと」

「おじさんのくせに何言ってるんですか」

「おまえな、おじさんだって精いっぱい今を生きてんだぞ」

なんだか語り出しそうな店長を放って、さっき貰ったファイルを開いてみる。他の売り方と言われても、わたしだって詳しいわけではないし興味もないんだから簡単に案を出せるわけがない。むしろ今だってすでに手に余っている状態なのにこれ以上何をしろって言うんだよ。

と、そう思いながら半ば投げやり気味にいくつかページを捲《めく》った先で、だけどふと、ある石の説明文に書かれた言葉に目を止めた。

「誕生石」

それ自体は有名だろう。自分の誕生月のものくらいなら知っている人も多いはずだ。石になんてまったく興味のないわたしでさえ小さな頃から知っていた。ただしそれは、自分から得た知識じゃなく、誰かさんからの受け売りだけれど。

「お、誕生石。それならおれでも聞いたことあるよ。パワーストーンだからって石のパワーってのばかりに気ぃ取られてたけど、誕生石ってのもあったな。おれのは確かこの、エメラルドだな。しかし小せえな」

「エメラルドは高いから、大きい石が付いたものは宝石屋さんの領分ですよ」

「そうかあ。まあでもこれならプレゼントなんかにも選びやすいよな」

「誕生日の贈り物で悩んでる人にはお勧めできますね。エメラルドみたいに商品の数自体が少ないのもあるけど、ひとつの月に一種類ってわけでもないみたいだから、たぶん十二ヶ月全部揃えられると思います」

「じゃあ小さくていいから、そのコーナーちゃちゃっと作っちゃって。今月の誕生石はさ、他のよりちょっと大々的な感じでやろうぜ。仕入れてやるよ。で、今月のって何だっけ？」

　他人事だからか簡単に言って、ひらひらと手を振りバックヤードへ戻ろうとしていた店長は、だけどふいに振り返り、笑って、自分の胸元のあたりを指で差した。

「そういえば、瑚春のそれも、誕生石なんだろ？」

　そうして、再び向けられた背中をじっと見つめたまま、わたしは自分の胸元に手を当てて、普段は服の中にしまっている〝それ〟を布地の上から握り締めた。

　そこには、歪《いびつ》な形をした、血のような赤黒い石がぶら下がっている。

　――ガーネット。

　真冬の一月に生まれたわたしの、誕生石。

　指の腹で撫でると、でこぼことした部分がそこに当たる。ペンダントトップとして加工はしてあるけれど、とてもアクセサリーとは思えないような歪んだ形をしていた。今は服の下に隠れていて見えないけれど、もう十年以上も身に着けているんだから形なんて脳裏に焼き付いている。

もともとは、ひとつの小さな原石だったそうだ。初めから形が歪だったそれをさらにふたつに割っているせいで、こんなおかしな形になっているわけだ。今、わたしの首に下がっているこれは原石の半分。もう半分は、これをくれた人が持っていた。

『半分こするんだ、ふたりでひとつ』

繋がりを示す証として。どこに居たってわかるように、いつだって一緒に居られるようにとわたしにこの石をくれた。こんなものなくたって離れることなんてあるわけないと思っていたけれど、そのときのわたしは、ただただ首に下げられたお揃いのものに喜びだけを感じていた。

ずっと一緒の目印だった。わたしたちの大切な繋がりの証だった。

その片割れが今はどこに在るか、わたしはもう、知らないけれど。

「……」

ペンダントを握り締めたまま、それから深く空気を吸って、軽く瞼《まぶた》を閉じた。真っ暗闇の中、ふいに奇妙な同居人の顔が浮かんで、それから、朝に店長としていた会話が思い出された。

ユーレイ、なんて。居るわけないだろ。そんなことわかっている。人は死ぬまで生きるだけで、死んだらすべて消えておしまいだって。そんなこと、わかりきっているくらいにわかっているのに。

——瞼を開けた。閉じる前と景色は変わっていなくて、そんなことはあたりまえで。

わたしは、やっぱり今も、ここに居た。

「……ユーレイでもいいから、会いに来てよ」

くちびるから漏れた言葉はどこにも響かない。わたしの中だけに残って、いつまでも、心臓の奥で鳴り続ける。

ユーレイでもいいから会いに来て。

触れなくても、見えなくても、それでも構わないから。

ただ、きみに、会いたいだけなんだ。

ねえ、ハルカ——

新しい商品の仕入れの関係でいつもよりも少し帰るのが遅くなってしまった。おまけにコンビニに寄ったせいでさらに時間は過ぎ、もう時計は九時を回っている。確か朝、八時過ぎには帰ると冬眞に言ってきたはずだけど、随分とその時間を過ぎてしまった。だけどもわたしは仕事をしていたわけだし、コンビニにだって、冬眞の下着が必要だと思って買いに行ったわけだし。男物のパンツを買うのがどれだけ恥ずかしかったかわかるのか。って、ひとりで意味もなく言い訳を考えてみたり。

冬空は高く澄んで星がよく見える。吐き出す息は途端に白く濁って、凍《い》て付く空気にじわりと溶ける。

そもそも、わたしがあいつに言い訳をしなければいけない理由がないんだった。あいつはただの迷惑千万で正体不明の居候だ。あいつがわたしに気を使うなりおいしいご飯を食べさせるなりちょっとした謝礼を支払うなりするのはあたりまえかもしれないけれど、わたしがあいつのことを気に掛ける理由なんて塵《ちり》ほどもない。むしろもう、わたしの家には居ない可能性もある。盗める物もないし金も持っていないし口うるさい女だしってことで、とっくに出て行っているかもしれない。きっとそうだ。そうに違いない。

「あ」

錆《さ》びた古い街灯の下に自販機がぽつんと建っている。その横に置かれたゴミ箱と並ぶようにして、コンクリートの上に座った黒いモッズコート。

「冬眞」

ぽつりと漏らすと、夜空を見上げていた瞳がゆっくりとこちらを向いた。白い息を吐き出して、わたしを見つけると、寒そうに固まっていた顔がゆるりと微笑む。

「ああ、瑚春。おかえり」

「あんた、ここで何してるの」

「瑚春がなかなか帰って来ないから、心配で途中まで迎えに来たんだ」

いつからここで待っていたのだろうか、温めるように息を吐き掛けた指先は随分と赤くなっている。

「仕事なんだから、遅くなることもあるって。あんたに心配されるようなことはない」

「でも、何かあったのかなとも思うだろ」

「もう迎えになんて来なくていいから。寒いし」

財布から五百円玉を取り出して、ホットのブラックコーヒーとミルクティをひとつずつ買ってコーヒーのほうを冬眞に渡した。冷えすぎた指先に熱い缶は刺激が強い。それでも寒いよりはましで、ふたり並んで、それを飲みながら歩いた。缶に口を付けながらちらりと横目で見上げてみれば、同じように缶に口を付けて苦いであろうコーヒーを飲んでいる冬眞が居て、わたしの視線に気づいたのか、こちらを見るから、まるで連動している機械みたいに今度はわたしが視線を逸らした。

冬の星座の下。いつもはひとりの帰り道を、こうやって誰かと並んで歩くのは随分久しぶりのことだ。だけどそういえば、昔はふたりでいるのがあたりまえだったっけ。いつだってわたしの隣には、わたしの歩幅に合わせて一緒に歩いてくれる人が居た。

時には手を繋いで、鼻唄を歌って歩いた。いろんな帰り道を、わたしはきみとふたりで歩いた。

「そういえば、なんでわたしがここ通るってわかったの？」

ふと疑問に思って訊ねた。今日はコンビニに寄ったおかげで昨日と違う道を帰って来たから、冬眞はわたしの来る道を知らなかったはずだ。

「なんでだと思う？」

「んー……奇跡」

「案外ロマンチストだな」

「あ、わかった。迷子になってたまたまここに居たんでしょ。そんでたまたまわたしがここ通った」

「いやいや、それこそ奇跡じゃん」

「まあそうだけど。でも、だってさあ」

「おれはちゃんと瑚春を待つためにここに来たんだよ」

ぺきり、と冬眞の手元の缶が鳴る。ちょっとだけ凹んだそれは、だけど力が軽すぎたのか、すぐにぽこんと元に戻った。

「それならやっぱり、なんでわたしがここ通るってわかった？」

「わかるよ、瑚春のことならなんでも」

「やだそれ気持ち悪い」

「あ、ひどいこと言ったな。おれ泣くぞ」

そんなことを言いながら、顔ではからからと笑っている。

「わかるよ、瑚春が、どこに居たって、わかるよ」

本当になんでもわかっているみたいに、冬眞はもう一度そう呟いた。

わかるわけないくせに。わたしがあんたを知らないのと同じくらい、あんたはわたしのことを知らないんだから。それなのに、適当なことを言って。

「あ、疑ってる？」

「疑う前にあんたのことは何ひとつ信用してないよ」

「ひどいなあ。おれは本当のことしか言ってないのに」

じゃあ試しに。冬眞が楽しげに呟いて、それからつと右手で夜空を指差した。

ちかちかと刻まれる街灯の淡い光の下。少し長めの黒髪も、夜の空と同じ色の瞳も、何ひとつ似ていないのに、その顔が、誰かと重なった気がした。

「あの星の裏側でおれの名前を呼んでみてよ。どこに居たって、見つけてあげる」

あんたが望むなら、バラの花束でも抱えてね。と、言う、冬眞に。

心臓が、止まるかと思った。心臓だけじゃなく、思考とか呼吸とかも、全部。

立ち尽くす。瞬きもできないで、わたしは空の星を指すそいつのことを見ていた。

「どうした、瑚春」

少し前を行った冬眞が立ち止まって不思議そうに振り返る。だけどわたしはまだ、答えることができないでいた。

……だって今こいつ。一体なんて言っただろう。

「おい瑚春、本当に大丈夫かよ」

固まったままのわたしをさすがに心配に思ったのか冬眞が覗き込んできた。わたしは、近くなったその瞳を、静かな心臓の音を聞きながら見上げている。

「なんで」

「ん?」

くちびるの隙間から漏れた声は、けれどその続きを言葉にすることはなかった。続きは喉の奥にのみ込んで、深くにしまうように抑え付ける。だって、答えなんて返ってくるはずがないんだ。なんで〝同じこと〟を言ったのか、なんて。そんなの偶然に決まっている。こんなにも重なるものなのかって驚いたけれど、ただの奇跡みたいな偶然の成り行きでしかないのだから、意味なんて何もない。

「大丈夫。なんでもないよ」

細く息を吐いて、止まっていた足を動かした。冬眞が「おい」と呼ぶけれど、それには答えず冬眞を追い越して足を進めた。冬眞は慌ててわたしの横に並ぶと、やっぱり不思議そうにわたしを覗いてきたものの、そのうち小さく笑って「なるほどな」と呟いた。

「おれはわかったよ」

「何が」

どうせ的外れなことだろうから聞きたくもないけれど、こいつが言い出すのを待つのも鬱陶《うっとう》しい。

「だってあれだろ？　瑚春、おれが素敵なこと言ったから、照れてるんだろ」

ほらやっぱり見当違いも甚だしい。わたしのどこをどう見たら照れているだなんて思うんだ。見てみろこのいかにも不機嫌そうな顔。あんたの緩い頬と見比べろ、全然違うだろ、調子乗んな。

「冬眞、超馬鹿だね」

「うわ、おれ女の子にそんなひどいこと言われたの初めて」

「あんたの初めての女になれて幸せだわ」

「それ昨日も聞いたなあ」

俯《うつむ》けば、黒いエンジニアブーツがひょこひょこと動いているのが見えた。暗いアスファルトの上を進む足。どこへ向かっているのか、本当に前へ進んでいるのか、ときどきわからなくなるわたしの足。

「瑚春」

呼ばれたから顔を上げた。いつの間にか冬眞が少し前を歩いて、わたしに手を伸ばしていた。

「下向いてたら転ぶぞ。ほら」

そう言って、わたしの手を勝手に握って無理やり隣に並ばせる。冬眞の指先はとても冷たかった。

「瑚春の手、あったかいな」

吐き出したその息が白く濁っているのを見て、ああ冬だな、なんてどうでもいいことを考えた。

冬は、あまり、好きじゃなかった。


家に帰ると豪華な食卓が用意されていた。いや、豪華というほどじゃないかもしれないけれど、少なくとも普段わたしが食べている夕食に比べれば天と地ほどの差がある。小さなテーブルの上にお洒落なサラダやらオムレツやら肉料理やらが並んでいて、ちょっとしたレストランにでも来たかのような気分だ。

「材料、買って来たの?」

「まさか。買いに行きたかったけど、瑚春お金くれなかったし」

「だよね」

　ということはうちにもともとあった食材だけでこれを作ったのか。冷蔵庫の中身なんて、ほとんどあってないようなものだったはずなのに。恐るべし。

「まあちょっと、大家さんにもわけてもらったけどね。昼過ぎに野菜とかを持って来てくれて」

「あんたそれもうやめてよ。今度会ったら何言われるかわかったもんじゃないから」

「向こうからくれたんだし、お返しはいらないって言ってたよ」

「そういうこと言ってんじゃないっての」

　そもそも仲良くなるのが早すぎだ。初対面は今朝だったはずなのに、その日のうちに向こうから会いに来ているということは相当気に入られているのだろう。どんな手を使ったのか知らないが、まったくもって勘弁してほしい。これはもう、次に大家さんに会ったときが怖い。

　冬眞は、うんうん考えていたわたしを放ってさっさとスープやお茶の準備を始めていた。どこに何があるのか今日一日でもう把握してしまったのか、妙に手際がいいのは驚きだ。それはもう、まるでベテランの主婦みたいな感じで、一切の無駄な動きをしないで淡々と作業を進めている。

「ねえ、料理はよくしてたの？」

靴とコートとマフラーをベッドに投げて、わたしは冬眞の働く姿を眺めていた。

「まあね。子どもの頃から趣味だったんだ」

「へえ。男の子のくせに、変なの。普通は、サッカーとかバスケとかそんなんじゃないの」

少なくとも、わたしの知っている男の子はそうだった。

「んん、そうなんだろうけどね。まあ、おれの場合は、いろいろあって」

「ああそっか。実家貧乏だったんだもんね。サッカーなんてしないで、家の手伝いしなきゃだめだったんだ。泣けるね」

「だからそれ違うって」

苦笑いを浮かべながら、冬眞は温めたスープを持ってきた。たまねぎとにんじんが入ったコンソメスープだ。でもうちにはコンソメなんてお洒落なものは置いていなかったはずだし、にんじんも嫌いで買っていないから、たぶんこれが大家さんに貰ったものだろう。

「味わって食えよ。おいしいから」

まるで自分のものみたいに冬眞は言う。作ったのはこいつでも、そもそもの材料は全部わたしのものなのに。

「どう、うまいか？」

「まあまあ」

「素直じゃないなあ。おいしいくせに」

何気ない会話を交わしながら、でもこのなんでもない空気を変におかしく思った。

だって、朝起きたらご飯があって、仕事行って帰って来たらまた温かいご飯があって、誰かと一緒に食べて。こんなのわたしにとっては本当は、あるはずのない日常だ。

「あ、こら瑚春、にんじん残すな」

「嫌いなんだもん」

「せっかく大家さんから貰ったのに」

「嫌いなんだもん」

「二回も言うな」

わたしのお皿の上にぽつんと残ったにんじんを冬眞が箸でつまむ。「ほら食え」なんて言いながらそれを顔のそばまで持ってくるもんだから、わたしは逃げるようにしてベッドの上に避難した。

「まったく……好き嫌いしてたら大きくなれねえぞ」

もう十分大人だっての。そう思いながら、ぱくりとにんじんを食べる冬眞の横顔を覗いていた。

そういえば昔も同じようなことを何度も言われたっけ。大嫌いなにんじんを残すたびに、大きくなれないからちゃんと食べろって怒られて、だけどどうしても食べたくなくて、無理やり口に入れられそうになっても意地でも開けなくて。それで結局は向こうが折れて、わたしの代わりに食べてくれるんだ。

『まったくコハルは、仕方がないなあ』

そう言って、笑って。そんなことをいつも繰り返して。本当は、どうしても食べられないわけじゃなかったから食べようと思えば食べられたんだけど、それでも拒んでいたわけは、困っているわたしを、同じように困ったみたいに笑いながら、それでも絶対にきみが助けてくれるのが、なんとなく嬉しかったからだ。

ねえハルカ、きっときみは、そんなことも、気づいていたんだと思うんだけど。

「仕方がないなあ、瑚春は」

ため息交じりの冬眞の声。なんだか心臓の奥が変な感じがして、枕を握り締めてぎゅっと目を瞑《つぶ》る。

仕方がないなあ、なんて。そんな言葉をこうして何気ない空気の中で聞いてしまうと、なんだかすべてがあの頃に戻ったような気になる。だけどやっぱりこれは違う。わたしが欲しいものはもうここにはない。どれだけ似たものに出会っても全部偽物なんだ。あの頃に戻れることなんて、空と地面がひっくり返ることよりもありえない。

「瑚春？」

座っていたベッドが少しだけ沈む。どうした、腹でも痛いのかって、心配そうな声が顔を埋めた枕の向こうから聞こえた。

「なんでもないよ」

「だったら顔上げろよ。どうしたんだよ、急に」

「なんでもないってば、大丈夫だから。気にしないで」

本当だ、お腹なんて痛くない。ただ思い出しただけだ、きみとの記憶を。

思い出したくないのは思い出がもう取り戻せない過去でしかないからだ。思い出すのは、きみがもうここには居ないのだと突き付けられているようで耐え切れなくなる。

でも、忘れることはできないから、無理やり奥深くに沈めた。それは全部不思議なほどにとても優しいのだけれど、その優しさに比例するみたいに、頭の中を巡るたびに心臓を強く締め付けるものだから、耐え切れなくて、でもけして失くさないように大切に、昔のままでしまっていた。

「瑚春」

触れられた手の温度を確かめる。

この手はきみの手じゃない。この声は、きみの声じゃない。

この心はけして、きみの心じゃないのに。

「何もないならそれでいいよ。だけどもしも何かがあって、それがひとりじゃ抱えきれないのならおれにも分けて。瑚春はすぐに、ひとりで抱え込むから」

わかっているのに、どうしたって。きみの顔が消えないんだ。

なんでだろう、ハルカ。

「……黙って」

「瑚春？」

「黙ってって、言ってるの！」

意識せず動いた右腕が触れていた手を跳ね除けた。手の甲が痛む。けれどそれよりもまったく違うところが死にそうなほどに痛かった。

「どうした、瑚春」

声を張り上げたわたしに冬眞は驚いた顔をしていた。冬眞は、なんでわたしが怒鳴ったかわからないんだろう。単純だ。ただの八つ当たりなんだ。

勝手なわたしの勝手な衝動。置いていかれた思いの結末。

ああもう、馬鹿だな、わたし。十分大人だなんて思いながら、まるっきり子どものままじゃないか。冬眞はただ心配してくれているだけで、何も知らない。そう、冬眞は何も知らないんだ。わたしのことも、きみのことも。

「ごめん冬眞。心配しなくていい。本当に何もない」

枕に顔を埋めながら呟いた声は、くぐもっていてどこにも響かなかった。おまけに喉は震えていてからからに乾いている。瞼をぎゅっと瞑って、何も見えないようにして、くちびるを噛んで、零れてしまいそうな何かをのみ込んだ。

『コハル』

耳の奥で聞こえる声を、消えないように抱き締めた。それをもう一度、心の奥に大事にしまった。大丈夫、涙なんてもう出ない。

——小さい頃から泣き虫だった。自分でそう思っていたわけじゃないけれど、まわりからはよく言われていた。泣けばなんとかなると思っていたわけじゃない。むしろ泣くことは負けることと同じだから、絶対に泣くもんかって思っていたくらいだ。

だから我慢していた。鉄棒で失敗して大怪我をしても、うんこを踏んでも、知らない町で迷子になっても、嫌な奴にいじめられても。わたしは頑張って我慢していたのに、結局いつも泣いてしまうんだ。それは、いつもハルカが、わたしが泣きそうなときにそばに居たからだ。ひとりで必死にくちびるを噛みながら我慢していても、なんでか知らないけれど気づいたらハルカがそばに居て、もう大丈夫って笑うもんだから、わたしはいつも、泣いていた。

どうしていつもわたしが泣きそうなのがわかったのか、わたしが居るところがわかったのか。それは昔も今もずっと不思議なままだけど、それよりもハルカがそばに居ることが嬉しくて、だから無尽蔵《むじんぞう》に思えるくらいいっぱい涙を流して、ついでに鼻水とかよだれも流してぐちゃぐちゃになった顔を、ハルカはいつだって困ったように笑いながら拭いてくれた。

そういえば、わたしはしょっちゅう泣いていたけれど、ハルカは滅多に泣かなかった。飼っていたハムスターが死んだときはさすがに泣いていたけれど、それでもあまり、涙を流さない奴だった。そう、まるでわたしが、ハルカの涙を取ってしまったみたいだったんだ。だからわたしが泣きそうなとき、ハルカはそれに気づいて、そばに居てくれたのかもしれない。元は自分の涙だから。わたしが盗んだ、きみの涙だから。

だから、だろうか。

だからあの日、きみは、わたしがこれから流す涙のすべてを持って行ってしまったのだろうか。あの日からわたしは、ただの一度も、泣かなくなった。

――ベッドが深く沈む。わたしに触れない位置、だけどすぐ隣に冬眞が居るんだとわかる。まだ慣れない匂いだ。自分のじゃなくて、ハルカの匂いでもなくて、だけど、他の誰かのものでもない。

「瑚春」

自分のじゃない香りがそばに在ると安心した。自分のじゃないのに、自分の一部であるその香りは、いつだってわたしのそばに在った。泣くときも笑うときも一緒だった。怒ったときはときどき違ったけれど、でも時間が経てばやっぱり一緒だった。

「泣いてんの？」

「泣いてないよ。放っといてって言ってんじゃん」

「泣けよ。たくさん」

「何それ、あんたS？　泣かないっての、馬鹿」

「じゃあ怒れよ。さっきみたいに、もっとたくさんおれに怒鳴っていいよ」

「あんたSなの、Mなの？　どっちなの」

「どっちでもねえよ。おれはおれだって」

「話通じなさすぎるよ。泣く気も怒る気も失せちゃうね」

「じゃあ笑えば」

　顔を起こせば、やっぱりすぐ隣に冬眞が居た。きっと変な顔をしているだろうわたしに向かって、まるでこの世の中の綺麗なものしか見えていないみたいに、とても綺麗に笑っている。

「冬眞」

　きっとあんたは、世界が灰色に汚れていく景色なんて見たことがないんでしょう。この世には絶対に救われないものがあることなんて知りもしないんでしょう。世界が崩れるほどの絶望が、簡単に起こりうることなんて、あんたは思いもよらないんでしょう。だからそんなふうに笑えるんだ。

わたしは笑えない。

笑い方を、忘れてしまったわけではないんだ。お腹の底から本気で笑い転げたことも、嬉しくてだらっとにやけたことも、そのときになんで笑ったのかも、笑うその先に誰が居たのかも、わたしは全部覚えている。

そう、覚えている。

笑うことも泣くことも怒ることも寂しさも、嬉しさも、温かさも。全部覚えているのに、全部今もまだここに在るはずなのに。それは最初から、割れたふたつの欠片《かけら》のひとつだったから、ぴたりと重なり合う片割れがなければ生まれることのない感情だったのだ。笑うことも泣くことも怒ることも寂しさも、嬉しさも、温かさも。わたしひとりじゃ感じられない、もうずっとあの日から、聞こえはしない心の声だ。

〝いつか〟なんて言葉はそこにはなかった。あるのはただ、この瞬間の〝今〟だけで、それがずっとこの先まで続くんだと思っていた。きみが居なきゃ何も動かない。わたしの世界は止まったままで、いつまでも置いていかれてしまう。きみが居なくなったことにも気づかないような速すぎる世界の中で、わたしだけがいつまでだってこの場所に取り残されて、前も後ろも向けないまま、地面に立ちすくんでいる。

それでよかった。進む必要なんてなかった。だって、きみが居ないこの世界で、わたしが居るべき場所なんてどこにも在りはしないんだ。

――それなのに、なんで、あんたは。

「……なんで」

声は限りなく小さな響きで、だけど確かにその耳に届く。冬眞は小さく笑って、わたしのことを見ていた。

「なんで、冬眞は」

きっとわたしは今、あんたと正反対の顔をしている。そう、こんな思いでいるときにいつも誰かがそばに居た。ひとりじゃなかったから泣けた。そのうち笑えた。そしたらきみも一緒に笑った。

『コハル。いっぱい泣いていいよ。いっぱい泣いたら、同じだけ笑えばいいだけだ』

ねえ、ハルカ、なんできみはわたしのそばに居た？

なんでわたしが泣きたいのがわかった？

なんで泣きそうなわたしに向かってあんなふうに笑ってくれた？

『コハルがおれを呼ぶからだ』

なんて、そんなことをきっときみは言うんだろうけれど。

どうしてかな。どうして。

「冬眞は、なんで、ここに居るの」

きみが居ないからもう泣けない。泣けないから、笑えもしない。なのに、なんであんたはわたしに泣けって言ってくれるの。わたしに笑えって言ってくれるの。なんであんたはハルカと同じように、同じようなことを言って、わたしのそばに居るの。

「おれは」

ゆるりと、冬眞は瞬きをした。それは小さなひとつの仕草に過ぎなかったのだけれどなぜか見入ってしまった。まったく似ていないその顔が誰かの面影と重なる。一瞬、ハルカが会いに来たのかと思って、だけどそんなわけはなくて、そこに居るのはまだ見慣れたとは言えないハルカじゃない人の姿だった。

「おれは、瑚春に、涙と笑顔を返すためにここに居る」

冬眞が笑う。それがあまりに優しくて、うかつにも、泣きそうになった。

「馬鹿じゃん」

……何を言っているんだろう、わたしも。頭がよく回らない。きっと、掬《すく》い上げなくてもいいことを拾ってしまったからだ。

「あんたはただ行き倒れてたところをわたしに救ってもらっただけでしょうが」

「倒れてた覚えはないけどな」

「そんなもん返さなくていいから、金を出せ金を」

「うわ、ひどいこと言ってる。日本人は人情の民族だろ」

「知るか」

掬い上げた思いをもう一度沈めて、零れてしまわないように大事に大事に蓋《ふた》をする。

そしてまたわたしは止まった世界を生きていく。

「わたし先にお風呂入るから、あんたは食器洗っておいて」

「お背中流そうか？」

「いらん！」

もう動き出すことのない世界を。あの日から止まった、先のない時間を。

「まあ、いつでも言って。おれは瑚春が呼んでくれたら、飛んで行くから」

「変態かよ。警察呼ぶよ」

「痴話喧嘩《ちわげんか》と思われるだけだよ」

「屈辱だな、それ」

わたしはこれから先も、ひとりで、生きていくんだろうか。

第三章

真夜中の水槽《そう》

The third day

『好きなだけ泣いていいよ。
いつかこのことをふたりで思い出して、大声出して笑おうよ』

「おれも連れて行って」

今日は暖かいし適当にワンピースでいいか。そう思いながらクローゼットからニットのキャメルのワンピースを引き出していると、あろうことか居候が突如そんなことを言い出した。

「連れて行ってって、どこへ」

「今から瑚春が行くところへ」

「わたし仕事に行くんだけど」

「つまり仕事に連れて行って」

「馬鹿かあんたは」

冬眞には、わたしが商店街にある雑貨屋で働いていることは言ってある。言ったところで場所なんてわからないから勝手に来ることもないだろうし、わたしがちゃんと働いているちゃんとした社会人だということを知らしめるために教えておいたのだけれど、まさか興味を持たれるとは。

「お願い、邪魔にならないようにするから」

「絶対だめ。いい？　わたし仕事に行くんだよ、遊びに行くんじゃないんだからね」

「手伝うよ、おれも」

「馬鹿かあんたは」

「それさっき聞いた」

にこりと笑いながら首を傾げる姿は妙に反撃する意欲を失わせる。冬眞はその場から動いていないはずなのに、まるで追い詰められているかような感覚になるのはなぜだろう。僅かに引いた身に、冬眞の笑顔が突き刺さる。

う、と言葉をのみ込んで、とりあえず引きつった顔で睨み付けるのと同時に、そういえば店長がこんなことを言っていたなと、昨日のことを思い出した。

『トーマかあ。あ、そうだ、明日そいつ連れて来いよ』

いやいやいや、だけどこれ店長、猫のことだと思って言ってたから。アレルギーに負けないとかあほみたいなこと言ってたから。

とにもかくにも仕事場に無関係の男を連れて行くなんて非常識なことできるわけがないし、いくら居るのがあの店長だけだとはいえ、いやむしろあの店長だからこそわたしだけは真面目でいなければいけないのだ。つまり、ここは全力で、こいつの我がままを押さえ付け躾《しつけ》けなければいけない。そう、飼い主の責任として。

「冬眞」

「ん?」

「つべこべ言わずここで大人しくしていなさい。おいしいお菓子買って帰って来てやるから」

いやむしろお菓子もいらないだろ。なんでわたしが譲歩しなければいけないんだ。

「そもそもあんた、確かユーレイっていう設定じゃなかったっけ」

「そのあたりは大丈夫。いろいろと融通利くユーレイだから」

「なんでもありだな」

「なんでもありなんだよ。それにおれの分のお弁当も作ってあるから安心しろ」

「そんな心配はしてない」

「だから連れてって」

「無理だっつってんだろ」

ちょっと語気を強めて言い切ってみる。なんでもかんでもあんたの思うとおりになると思ったら大間違いだ。これからわたしは遊びに行くんじゃない、仕事に行くんだ、つまり向かうのは遊び場じゃない、仕事場だ。世の中はそんなに優しくないんだぞ。社会とは、得てして厳しいものなのだ。

冬眞が軽く口元を歪めて、片眉を上げてみせる。

「でもおれをここに置いて行ったら、アパート中走り回って、おれは瑚春のヒモだって、言いふらしちゃうよ」

「お洒落なものばっかりですね。アンティークで、すごく可愛い」

「だろ？　だってそのあたりはおれが直接北欧まで行って買い付けてんだもんよ」

「へえ、そうなんですか。仕入れにヨーロッパに行くなんて、楽しそうだなあ」

「お、じゃあ今度おまえも一緒に行くか？」

「ねえあんたら、今仕事中なんですけど」

いつの間に仲良くなったのか、客が居ないのを見計らって女子のように小物談義で盛り上がる大の男ふたりの背中に冷たい視線を送る。大の男ふたり。冬眞と店長は揃ってゆるりと振り返り、嫌なものでも見るような目をわたしに向けてきた。

「見ろ冬眞、瑚春がまた怒ってる」

「あ、店長さんもよく怒られるんですか？　おれもなんですよ。いつもぷりぷりしてて」

「誰のせいだと思ってんのあんたら」

気の合う男が集まるとこんなにも鬱陶しくなるものなのか。わたしはこれ見よがしに大きなため息を吐きながら、もうふたりのことは無視して自分の仕事を進めることに決めた。どうせ仕事をさぼっていて困るのは店長だ。せいぜい後であたふたしてろ。と心の中でせせら笑いながら発注を掛ける商品のチェックを進める。

――なぜ、こんなことになってしまったのか。

そんなことは考えるまでもなく、冬眞がわたしを脅《おど》したせいであり、そしてわたしがその卑劣極まりない脅しに屈し、仕事場にこいつを連れて来てしまったことが原因だ。

憂鬱《うつ》な気分のまま冬眞を連れて家を出て。冬眞はまだこの街に来たばかりなのか見る景色全部が真新しいようで、店に辿り着くまでの間中ひたすらひとりで勝手に楽しそうにしゃべっていて。わたしはそれをことごとく無視して、いっそのこと撒いてやろうかとも思いつつ冬眞の数歩前を歩いていた。

ああ、仕事場に男を連れて行くなんて非常識にもほどがある。一体店長はこいつを見てわたしになんと言うだろうか。あんな非常識極まりない男に怒られるなんて癪《しゃく》だけど、でもこればかりは仕方がない。いや、むしろ店長が思いっ切り怒鳴ってくれればいいんだ。そうしたらさすがに冬眞も反省して、大人しく家に帰ることだろう。そう思って、いつもよりも足早に、店への道を進んでいたのに。

『おう瑚春、誰だそいつ。新しい彼氏か』

店に着いたら、案の定、店長が訝《いぶか》しげな眼で冬眞を見てきた。というか、どちらかといえば品定めしてるみたいに上から下まで嘗《な》め回すように見てきた。

『あの、昨日言ってた、冬眞です』

わたしは恐らく引きつっているであろう顔でぎこちなく笑った。

『トーマ？　て、拾った捨て猫のことだろ？』

『まあ、拾った、んですけど……こいつを』

『初めまして。冬眞と言います。瑚春が働いているお店がどんなところか見てみたくてお邪魔してしまいました』

冬眞が得意の人懐こい顔で笑う。

『え、どういうこと？　瑚春、まじでこいつを拾ったわけ？　猫じゃなくて？　え、ヒト？』

『ヒトじゃなくてユーレイらしいです。本人曰く』

自分でも馬鹿なことを言っているとはわかっていた。でもここまで来たらそう言うしかない。

店長はもう一度まじまじと冬眞を眺めていた。不思議なものでも見るようなその視線を、けれど冬眞は別段気にしていないのか、にこにこと笑ったまま受け止めている。

『店長、あの、ちらっと遊びに来たかっただけみたいなんで、すぐに追い出しますから、すみません』

軽く頭を下げて、突っ立っている冬眞の胸を両手で押した。早く出て行け、との思いを手のひらから、身長の割に存外薄い胸板に向かって精いっぱい滲《にじ》ませ、ついでに、全力で睨む。だがしかし。

『いや。せっかく来たんだし、別に構わねえよ。ゆっくりしてけばいいんじゃねえの』

とんでもないことを抜かす野郎が目の前だけじゃなく背後にも居たのだ。

『いや店長、何言ってるんですか。ちゃんと帰らせますから、邪魔ですし』

『子どもじゃねえんだから仕事の邪魔することもねえだろ。な、冬眞』

『はい。隅っこで商品とか見させてもらってますし、言ってくれれば掃除でも手伝いますよ』

『ちょっと、何言ってんの、あんた』

『ほら、冬眞もそう言ってる』

な、とまるで女の子みたいに首を傾げ合う姿は見ていて非常に気持ち悪かった。だけどわたしの露骨に嫌そうな顔にも、きっと気づいてはいるけれど気にしない男ふたりは妙に気が合うようだ。

『いやあしかし、でかいのとは聞いてたが、本当にでかいな。俺と身長変わんねえくらいだろ』

『子どもの頃はすごく小さかったんですけどね。それにうちは両親とも高身長だから、本来ならもっと伸びててもよかったくらいなんですけど』

『そうなのか。でもおれも十八で一気に伸びたんだ。成長痛ほど幸せな痛みはねえよなあ』

なんてくだらないことをしゃべり出す始末。

『店長、本当にいいんですか？』

『まあ、連れて来いって言ったのはおれだしな』

『でもそれ、猫じゃないですけど』

あたりまえだけど。見ればわかるけど。でも昨日の店長は〝トーマ〟を猫だと思っていたわけで、猫だと思っていたからこそ言った言葉を、そのまま当てはめるのもどうかと思う。

『まあ、でも、こいつなら一緒にいてもアレルギー出ないから、おれとしちゃ有り難いけどな』

冬眞と出会ってから、ため息を吐く回数が、あきらかに増えた気がする。

そして今に至るわけだ。

いつに間にかすっかり打ち解けてしまったふたりに、もう関わるのすら面倒で、わたしは男ふたりを尻目に見ながらひとりで勝手に仕事をしていた。だけどふと、今日はやけに店内に女性客が多いことに気づいた。いや、元から客層のほとんどが女性だったが、今日はいつにも増して人が多く思えるのだ。それはもう、若い子から年配の方まで。

「んん？」

そしてまた気づく。彼女たちの視線が、数秒おきにちらちらと、冬眞に向かっていることに。

「……ちょっと店長」

「ん？」

「まわり見て」

「へ？」

あほな声を上げた店長があたりに目線を滑らせる。一瞬見られているのが自分だとでも思ったんだろうかにやけ顔になって、でもそれが気のせいだと気づいたらしくちょっと顔をしかめた。だけどすぐに、何かを思い付いたように目を細め、悪い顔で口元を歪める。

「なるほどな、使える」

呟いて、店長はそっと冬眞の肩を押した。

たとえば店の良し悪しというのは、商品の質やスタッフの接客で決まるものだと思うけど、それよりもまず肝心なのは、その店に立ち寄りたいという第一印象なんだろう。それは主に、店の雰囲気もそうだけど、スタッフの様子で決まったりもする。

「瑚春」

「はい」

「あいつ雇おう」

店の入り口のところ、ちょうど外を歩く人たちからよく見えるところに冬眞を置いておくだけで、いつもの平日の倍は客の入りがあるのだから不思議だ。当の本人は首を傾げたまま店長の言うとおり適当にガラスを拭いていて、店長はカウンターに立ちながら繁盛する店を眺めてほくそ笑んでいる。

「だめですよ。あいつ、一応ユーレイらしいんで」

「大丈夫だ、おれはそういうのを気にしない懐のでかい男なんだ」

「わたしが気にするんでだめです。わたし、懐の小さい女なんで」

こちらを向いた冬眞と目が合う。嬉しそうにひらひらと手を振ってくるから、無視していたら代わりに店長が振り返していた。

賑やかな店内。いつもとは少し違った異様な雰囲気に圧倒され、不格好に見えない程度にそっとカウンターの端に寄りかかった。

少しだけ、変な感じだ。居慣れたはずのこの場所が、冬眞のせいでまるで知らない場所みたいに思える。俯いた先の足、革の剥げかけたエンジニアブーツは確かに地面とわたしを繋いでいて、わたしはここに居るんだと、確かめるように地面を踏み付ける。

そう、ここはわたしの居慣れた場所だ。五年間ずっと居続けた場所で、これから先も居続ける、ここで生きていくんだと決めてしまった場所。

「なあ瑚春」

「はい」

「あいつは本当は、一体何者なんだ？」

ふいに訊ねた店長は、けれどわたしのほうを向いてはいなかった。訝しむふうでもなく、それはもういつもと変わらないのんきな表情で、ガラス窓の向こうを眺める冬眞の姿を見ていた。

「さあ。わたしも、わかりません」

そんなものわたしのほうが聞きたいくらいだ。こいつは一体誰なんだって、なんのために、ここに居るんだって。わたしは結局あいつのことを何にも知らないままなのだから。

だけど、今さら知る必要もないだろうと思っているそのわけは、今が、きっと一瞬で終わるのだろうお互いの人生の幕間のような時間なのだと知っているからだ。わたしと冬眞が出会ったのはくだらない事故のような偶然であって理由はない。だからいつでも離れていける。たったそれだけの関係だと割り切れば、中身などどうでもいいと思ったのだ。そのうちお互い忘れてしまうのだろうわたしたちの間に繋がりなんてないし、いらない。

「瑚春?」

むに、とほっぺたをつままれる。振り向くと、店長が隣から覗き込んでいて、ほっぺたが伸びたわたしの顔を見てかにやりと笑った。

「変な顔」

「誰のせいだと思ってるんですか。離してください」

「仕事中にぼーっとしてるのが悪い。反省しなさい」

「ろくに仕事しないような人に言われたくありません。店長が反省してください」

上目で睨むと「ごめんごめん」とちっとも反省してなさそうな顔をして、店長はわたしのほっぺたから手を離した。少し、左のほっぺたがじんじんする。

「ま、あいつが誰だろうとどうでもいいやなあ」

「どうでもいいことないですよ。わたし、家に住み付かれてるんですよ」

「防犯になっていいじゃねえか。女の子の一人暮らしは危ねえっておれずっと言ってたろ?」

「一緒に住んでる奴が誰よりも怪しくて危ないんですって」

そう言いながらも追い出そうともしていないわたしが言えた義理じゃないかもしれないけれど。だって追い出すことも億劫《おっくう》だし、別に誰かがそこに居ても居なくても、何も変わらないなら、勝手にすればいいって思う。

「まあ、だけど冬眞なら大丈夫だろ。あいつはいい奴だ」

「何を根拠に？」

「おれ、人を見る目はあるんだよ。だからおまえのこともすぐ雇ったんだろ」

「そうですねとは、言えないですけど」

「とにかくあいつはいい奴だ」

自分の言葉に頷いている店長に軽く呆れながら、冬眞の横顔に目を向ける。

確かに、いい奴かどうかはともかくとして何か悪いことをするような奴ではなさそうだ。無理やり人の家に居候したり、おまけに恩人であるわたしを自分の我がままのために脅したりはするけれど。でも、たぶん、誰かの体や心に痛みを残してしまうようなことや、思い出すたびに苦しんでしまう気持ちを与えることを——人を傷つけるようなことをあいつはしないだろう。

「すごく、綺麗に笑いますもんね」

店長が振り返って、そこでつい口に出してしまっていたことに気づいた。わたしは店長の視線に自分のそれを一瞬だけ絡ませて、それからゆっくりとカウンターの向こうに戻す。知らない女の人たちと話しているそのときにも、浮かんでいるのは笑い顔だ。

「冬眞を見てて思うんです。わたしが怒っていても、くだらないこと言っていても、八つ当たりしていじけてても、何してても、あいつ、すごく綺麗な顔で笑うんです」

わたしには怒ったり泣いたりしろよって言うくせに、自分はわたしにひとつの表情しか見せない。でもそれがけして繕《つくろ》ったものではないのだとわかるのは、その表情が、いつかハルカがわたしに向けてくれていたものと同じだからだ。

「確かに、そうだなあ」

店長が間延びした声で呟く。

「まるでこの世には綺麗なもんしかねえって思ってるような奴の顔だな」

目を細めてくつくつと笑う、その横顔を見上げる。

「わたしも同じことを思いました」

世界の、綺麗なものしか見えていないような顔をする。だからきっと。

「あいつは何も知らないんです」

「知らないいってのは、つまり？」

「言ったとおり、何も。綺麗ではないものがこの世に在って、救われない思いや痛みが在るってこと」

それを知らなければ、わたしだって、今も誰かの心に届くような笑顔を浮かべることも、自分の心を揺らすような泣き声を上げることもできただろう。思うままに心の内を大声で叫ぶことが、誰かに守られているからこそできることだなんて、あのときはまだ、気づかなかった。

「だから、冬眞はあんな顔ができるんだと、わたしは思うんです」

「ふうん、そうか」

「きっとあいつは、苦しいことなんてひとつもない場所で生きてきたんだ」

「いや、おれはちょっと違うと思うよ、瑚春」

店長の声色が少し変わった。注意したり怒ったりすることを一切しない店長が、だけどときどき言い聞かせるように話すときの調子だ。わたしが体調を崩しているのを隠したときや、よくない男と付き合ったときもこんな声音でわたしに話した。

「逆だよ。何も知らねえ奴は、きっとあんなふうには笑えねえよ」

黙って見上げているわたしに、店長はふっと苦笑を漏らす。

「あのな、実はおれ、昔は結構荒れてたんだけど」

「でしょうね。見ればわかります」

「どういう意味だよそれ。おまえはたまにとんでもなく失礼なことを言うよな」

ひくりと片目を引きつらせてから、店長は軽く髭を掻く。

「まあ、その荒れてたときにはな、結構とんでもなくひでえことをやったり、逆にされたりもしてさ。ちょっと立ち直れないくらいに辛いことだってあって。まあ自業自得ではあったんだけど、そりゃもうまさに心も体もボロボロで」

　その頃の自分を思い出してでもいるのだろうか、苦く笑う顔は、辛い出来事を思い出しているというよりはやんちゃな子どもを困ったように見守っている父親のようにも見えた。

「そんときにさ、おれはいろいろ考えたんだ。今、どこが一番痛いかって言えば、それは殴られて傷ついたとこじゃない場所でさ。体の傷は放っとけばかさぶたになって消えるけど、この〝痛み〟の原因は、どうやったら消えるんだろうって。そのときに初めて簡単には消えない傷があることを知って、そんなものが在ることが、恐ろしくてたまらなくて。でもさ、それ以上に、もしかしておれはこれまでに、誰かにこんな思いを味わわせていたんじゃないかって思ったら、すげえ怖くなった。それはもう、とんでもねえことなんじゃないかって、気づいたんだよ」

　お客さんがやって来たから、話をやめてレジを動かした。営業スマイルというよりは地ののんきな顔を浮かべる店長の横で、わたしは品物を包みながら、店長の今の言葉を頭の中に並べていた。

　ありがとうございます、そう揃って言ったところで、店長が一度息を吐く。

「でさ、おれは、単純で馬鹿みたいなことだけど、優しくなろうって思ったよ。そんで傷ついた人がいれば、おんなじ傷を自分も持とうって」

あのなあ瑚春。間延びした声で、店長がわたしの名前を呼ぶ。

「痛みを知らねえ奴は、他人の痛みもわかってやれねえんだよ。だってもともとそんなもの、分かち合えるもんじゃねえもんな。だから人の傷を知るときは、自分の中の傷を引っ張り出すんだ。そうやって同じ思いを抱えて、心を知って、手を取ってやるんじゃねえのかな」

笑い掛けるその顔は、いつも見ている表情だ。語ろうとか説教しようとか、そんなまともなことは一切考えていないただのいつものおしゃべりの一部で、だからこそ真っ直ぐ届いてしまう、やっかいな言葉だ。

「……」

わたしは何も答えなかった。店長は返事を待っていたわけではないんだろうけれど、でも、なんと言うか、どうやって答えればいいのかがどうしてもわからなかった。

「おれはあいつが、何も知らないで笑ってるようには見えねえんだよな」

店長の視線が動く。それを追い掛けた先には冬眞がいた。

「何を見てきたのかは知るわけがねえよ。大なり小なりあるだろうし、人の心はそれぞれだしな。言葉にしたところで伝わるわけもねえ。だけどさ、月並みだけど、わかり合おうとする気持ちは大事だと思うよ。そうしてみんな、繋がっていくんだろ」

視線がわたしに戻って来る。自分の思いがわからないわたしの心にきっと気づいているんだろう、意味深な微笑みを浮かべていた。

「わかるだろう、瑚春。おまえだって同じだろ」

ぽすん、と頭に大きな手がのる。自然と俯く頭の上で、ぽんぽん跳ねるその手のひらは、いつだってわたしの閉じ込めた心を引きずり出そうとしてくる。

「治らない傷は、そのうち何より大切なものになる。瑚春、おまえだって、持ってるはずだろ」

わたしの過去なんて知らないくせに。

気づいているような振りをして、でもわたしの心なんて、きっとひとつもわかっていないくせに、勝手なことを言って勝手に決め付けて。でも。

――ああ、そうか、そうなんだ、ねえ、ハルカ。

『好きなだけ泣いていいよ。いつかこのことをふたりで思い出して、大声出して笑おうよ』

きみも同じようなことを言っていたね。悲しいことは、いつか笑い話に変わるんでしょう。ふたりで思い出して、たくさん話して、お腹抱えて笑い合うんでしょう。そんなこと、絶対無理だってわたしは何度も言ったよね。

だけどもしも、それが本当だとしたら。もしもいつか、それが本当になってしまうのだとしたら。

「でも、わたしはまだ、あんなふうには笑えません」

わたしはその日が来ることが、何よりも、怖いんだ。

忘れることとは違うって、そんなことはわかっている。前を向くことと忘れることはまったく別のことだって、それはきみが教えてくれたから。だけどどうしたってわたしには無理なんだ。きみと居た日々を心にしまって、これから先を笑って歩いて行くなんて――このすべてを思い出に変えて、いつか懐かしく思うなんて、そんなことできるわけがないんだよ。

思い出にするということは、きみがここには居ないことも、もうきみと居た日々は戻って来ないということも、すべて認めてしまうということなんでしょう。必死で繋ぎ止めているいつかの手の温もりもきっともう消えてしまう。瞼を閉じただけで見える、目を細めた笑い方も、遠くからわたしを呼ぶ声も。

思い出にすることとは忘れることとは違うかもしれない。

でもね、ハルカ。

そうしたらもう、わたしの声が、本当に、二度ときみには届かなくなる気がするんだ。

いつもの帰り道を、今日は最初から最後までずっとふたりで歩いた。途中で閉店間際のスーパーに寄って、普段は買わない食材をいくつも買った。その中にはどう調理するのかさえよくわからないようなものもあったけれど、冬眞には出来上がりまでがきちんと頭に浮かんでいるらしい。けして高くはないものだったので、必要なものを好きに買わせてやることにした。

今日は冬眞も居るからと店長が早く帰してくれたけど、今の季節、日が落ちるのは早いから、いつもとの違いはそんなにわからない。すっかり冷え込んだ夜の空気、宇宙の色が透ける夜の空。賑わう街の中心部を抜けて、丘の上へ続くなだらかな坂道。切れかけた街灯が点滅して、そのなかを枯れた葉っぱが通った。乾いた冬の風が吹く。昼間の温かさはどこへやら、今夜は凍て付く寒さだとニュースで言っていたけれど、まさにそのとおりで、むしろもう寒いどころか痛すぎて、逆に頬は焼けるように熱かった。

少し先を行く冬眞がふいに口笛を吹いた。澄んだ冬の空気は音がよく響くから、軽やかな音色はどこまでも遠く飛んで行くようだった。その音につられて顔を上げる。晴れた黒い空にはいくつかの小さな光があって、三つ並んだ星が何かの目印みたいにそこに居た。冬眞も、同じように空を見ていた。

「楽しかったな」

口笛がやんで、しばらくして、ぽつりと、そんなひと言が前から聞こえた。

「何が?」

背中に向かって聞き返す。

「瑚春が働いてるとこ」

「楽しいかな? 店長が緩いだけじゃないの?」

「人がいっぱい居た」

冬眞は立ち止まることなく、振り返ることもなく、まだ上を向いて歩きながら白い息を吐いていた。わたしは後ろから、夜と同じ色をしたふわふわと揺れる髪を見ていた。

「そりゃお店だもん、人が居なきゃ困るよ」

「そうだな」

「ていうか、あんたが集めてたんだよ、あれ。いつも平日はあそこまで人居ないよ」

「そうか、じゃあおれそれなりに役に立ったかな」

「まあね。店長、あんたのこと雇いたいって言ってた」

「本当に? おれ喜んで働くよ」

「わたしが断っておいた。あんたユーレイだからって」

そこでようやく、冬眞が振り向いた。軽く眉を下げて、首を傾げて見下ろして「ひどいな瑚春」って困ったみたいに笑いながら言う。

　わたしは少しだけ早足で歩いて、前を行く冬眞の横に並んだ。冬眞はちらりとこっちを見たけれど、またすぐに空を見上げて、だけどなんとなく歩調を合わせてくれたのがわかったから、わたしはわざとゆっくり歩いた。お互いの体温が伝わらないくらい距離を空けた場所で、きっとお互い違うことを考えて、わたしたちは並んで歩いている。

「人と話すの、好きなの？」

　道端に転がっていた石ころを蹴った。斜めに飛んで行ったそれを、今度は冬眞が蹴り飛ばした。

「うん、好き」

「確かにあんた、人懐こいもんね」

「だって、知らない人としゃべるの楽しいだろ？　今までにない発見って感じで」

「よくわかんないね」

「瑚春はまったく懐かないもんな、人に」

「真面目で用心深いだけだよ」

　あんたと一緒にしないでくれ。面倒くさいからそのひと言はのみ込んで、最後の坂を駆け足でのぼった。

　息を吐いて、振り返る。坂道を囲むガードレールの向こう側に、何色もの光が灯る、丘の下の街が見下ろせる。山に囲まれた内陸の街はまるで箱の中の宝石みたいだ。乾いた夜の空気のなか、その光景はとても綺麗に見えて、なんだかすべてが夢の中みたいに思えた。そう、今ここに居ること、そのすべてが夢のような、そんなふうに。

「瑚春?」

いつの間にか横に来た冬眞が、少し屈《かが》んでわたしを覗き込む。

「何ぼうっとしてんの?」

「別に」

目を合わせないまま言うわたしに、だけど冬眞はその答えをわかっていたんだろうか、少し間を置いてから、小さな声で「本当だ」と呟いた。

「綺麗だな、この街」

長い前髪を分けて、細めた瞳で坂の向こうを見下ろす。わたしは少しだけその横顔を見つめて、だけどすぐに視線を落とした。

「ふつうでしょう。変わりないよ、他の場所と」

「そうかなあ」

「そうだよ。どこにでもあるって、こんな景色」

感嘆の声を上げるほど美しいと言えるものじゃない。それは大げさでもなんでもなく、紛れもない事実だ。ここはよくある街だから、似たところなんて探せば山ほどあるだろう。ただ、わたしがよく知った町とは違うけれど。ここは思い出の色を蘇らせない、あの土地とまったく違った、見慣れた、けれど見知らない街。

「どこにでもって言っちゃあそうかもしれないけど、でも、自分の住んでる街って、なんか特別だろ」

「どうだろ。そういうふうに考えたことないや」

「瑚春は、この街が好きじゃないの？」

「さあ」

わたしの答えに冬眞は拍子抜けでもしたように軽く息を吐いた。わたしは「行くよ」と短く言って、丘の下の景色から目を逸らした。遠くの景色は、生まれ育った町とはまったく違った色を見せる。そう、あの土地を思い出すのが嫌で、わたしはこの名前も知らなかった内陸の街にやって来た。

ここは、あの場所とは違う。それだけが、わたしがこの場所に居る理由だった。

アパートに着くなり大家さんと出くわしたのは最悪と言える。ただでさえ会いたくなかったのに、それに加えて冬眞とふたりで居るときに会ってしまうなんて。

「あらまあ瑚春ちゃん、冬眞くんとお揃いで！」

空いていた部屋に近々誰かが越してでも来るのか、片付けをしていたらしい大家さんは、通路でわたしたちを見掛けた途端大声を出して引き止めた。いつの間にか、冬眞の名前まで覚えているし。

「こんばんは。昨日、こいつがいろいろと頂いたみたいで、すみません」

「いいのよ別に。むしろ瑚春ちゃんっていつも遠慮するから、たまには頼ってくれてもねえ」

「ありがとうございます」

軽く頭を下げてから、とっととこの場を離れようと冬眞のモッズコートを引っ張るけれど、その行動を誰よりも上手く阻止《そし》できるのがおばさんという生き物だ。

「本当にもう、瑚春ちゃんは女の子なのにお家のことに無関心で心配してたけど、冬眞くんが何でもやってくれるなら安心ね」

いつの間にか冬眞の手が大家さんによって固く握られている。別に逃がすまいとしてるわけではないんだろうけれど、なんと手の早い。

「瑚春ちゃんの代わりに、冬眞くんがご飯作ったりしてるんでしょう？」

「え、ええ、まあ」

「いいわねえ瑚春ちゃん、こんなに素敵な恋人が居て！」

あははと高らかに笑う大家さんに、わたしは引きつった笑みを浮かべることしかできない。案の定彼女はわたしたちのことを恋人同士だと思っているらしく、こちらとしては迷惑極まりない勘違いにまさに怒り心頭に発する。

「そうなんです、助かってます。わたし家事って苦手なんで」

だからといって、否定するのも面倒なわけで。だって否定したらしたで、じゃあ何なのと問い詰められるに決まっているし。

「そうねえ。あ、でも冬眞くんって、失礼だけど、お仕事何してらっしゃるの？　家事と両立するの大変でしょう」

「いえ、それが、瑚春が働かせてくれなくて」

「あらまあ……瑚春ちゃん、頑張るわね」

二度目の苦笑い。そしてそれを浮かべたまま、冬眞にだけ全身全霊で睨みを利かせた。さっきの会話のことを言ってるんだろうけれど、なんだか変な誤解を招きそうな言い方しやがってこいつ。その上、わたしが怒っているのをきっと承知でへらへら笑っていやがる。

「もう行くよ冬眞。大家さんだって忙しいんだから」

思い切り腕を引く。そしたらさすがに大家さんも冬眞の手を離してくれたから、わたしは冬眞の腕をがっちり掴んだまま、通路の一番奥まで向かった。「きちんと鍵、閉めるのよ」と大家さんの間延びした声が見送ってくれる。

だけど、そのとき、

「あ、そうだ瑚春ちゃん！」

と、玄関の前まで来たところで呼び止められて振り返った。大家さんは振り返る前と同じ、離れたところに立ったままで、だけど少しだけ、困ったように眉を下げていた。

「また、瑚春ちゃん宛てのお手紙来てるんだけど、どうする？」

トーンを落とした静かな声が、壁に反響してやけに大きく響く。わたしは三度目の、でもさっきまでとは違う苦笑を浮かべた。

「いつもどおりでいいです。捨ててください」

大家さんの顔は寂しげだった。だけど見て見ぬ振りをして玄関の鍵を開けた。吐いた息は白く濁って、ドアノブは触れた指先が切れそうなほどに冷たい。もう、あれから五度目の冬が来たのだと、なんとなく思った。

暗い部屋は驚くほどに寒くて、電気を点けるよりも先に暖房器具を急いで点けた。今日は朝から冬眞も一緒に出掛けていたから昨日みたいな夜ご飯は用意されていない。冬眞は帰ってから作ると言っていたけれど、待つのも面倒だからとスーパーで惣菜を買って来た。わたしが今までひとりで居たときと同じ生活だ。

コートを脱いでハンガーに掛けていると、買って来たものを片付けていた冬眞が、ふいにわたしに目を向けた。

「なあ、さっきの手紙って、いいの？」

　クローゼットを開けて、隙間の多いそこに適当にコートを押し込んだ。五年前からあまり増えていない服は、今はもう着ていないものも多かった。

「いいの。大家さんには迷惑かけてるけど、いつも捨ててもらってるから」

「なんで捨てるの？」

「読みたくないから以外に、理由なんてあるわけないでしょ」

「誰からの手紙なわけ？」

　クローゼットの戸を閉める。向けた背中を見られているのはわかっていたけれど、振り返りはしなかった。温まっていない指先はまだ微《かす》かにかじかんで赤い。

「親からだよ」

「親？　実の？」

「うん、そう。わたしの両親」

　あれは、いつ頃からだろうか。たぶん三年くらい前からだと思う。知らせていなかったはずのわたしの居場所を、どうやって調べたのか、ときどき手紙を送ってくるようになった。直接家に来ることはなかったから放っておいたけど、そのうち届く封筒を見ることにすら嫌気が差して、大家さんにお願いして、わたしの家へ来る郵便物は必ず彼女を通して渡してもらうことにした。今でも、生活に関わる通知は受け取って、それ以外のどうでもいい広告やわたし宛の手紙は、すべて捨ててもらうことにしている。

「親御さんからの手紙なら、なんで読まないわけ？　瑚春ひとり暮らしだし、心配して送ってるんじゃないの」

「そうかもね。それなりには、大事に育てられたと思うし」

「なら、なんで」

振り返った。冬眞がわたしの顔を見て、口を閉じて、眉を寄せた。その仕草で、今自分がどんな顔をしているのかということに気づいた。

胸元に手を寄せる。分厚い服の下に、硬い異質な感触がする。

「あの人たちは、わたしの大切なものを守ってくれなかった」

それは、わたしが自分の命と同じくらいに大切にしていた宝物だったのだ。

父のことも母のことも嫌ったことはない――今も、そうだ。でもわたしは、どうしても、わたしの大切なものを守ってくれなかったあの人たちのことを受け入れられないでいる。わたしを掴んだ父の手の震えと、初めて聞いた母の泣き声を――鮮明に覚えているそれを思い出すたびに、あの日と同じように心が空になる。

それほど大事なものだった。だからこそ、両親からの手紙を受け取ると、彼らへの失望感を思い起こさせるのと同時に、何もできなかった自分の惨めさもひどく感じさせられてしまうのだ。あのときわたしは泣いて叫ぶばかりで、何ひとつできないまま、大切なものを失うしかなかった。

「……そっか」

冬眞は、手紙のことに関してはそれ以上聞いてくることをしなかった。買って来た惣菜を袋から出して、温めるためにキッチンに立つ。わたしはベッドに寝転んで、冬眞の立てる物音を聞きながら目を瞑った。近くで日常の音が聞こえるというのはうるさいけれど心が落ち着く。息を吸って、吐いて、薄く瞼を開ければ、カウンターの向こうに立つ冬眞の姿が見えた。

「ねえ冬眞」

今日、店長が言っていたことを思い出す。

「あんたはさ、この世界が、どれだけ汚くて暗いか知ってる？」

振り返る冬眞から目を逸らした。流れていた水がキュッと音を立てて止まって、少しもしない間に温められたコロッケがテーブルの上にのった。

「知らない」

答えた冬眞はやっぱり笑っていた。

「悪いけど、知らないよ。おれが見てきた世界は、必ず、綺麗なものしかない」

他のお皿も次々と置かれていく。コーヒーの入ったカップと即席のスープも出されて、今日の夜ご飯があっという間に出来上がった。

「はい、瑚春、召し上がれ」

ベッドの上に居たわたしの手を冬眞の大きな手が握る。のそりと降りると「ナマケモノみたいだな」と冬眞は声を上げて笑った。

熱いカップを手に取った。コーヒーは甘く、相変わらず教えてもいないのにわたし好みの味にされている。が、だとしても、食後の一杯ならともかく夜ご飯にコーヒーを合わせるとはどういう了見だ、お茶を出せお茶を。と小姑よろしく苦情を言ってやりたいところだけれど、実はちょうど熱いコーヒーでほっとしたいと思っていたところだったから、今回は文句はのみ込んでやることにした。もちろん、わたしのコーヒーが飲みたいという欲求に冬眞が気づいたわけではないだろうが。

「ねえ、瑚春、おれからもひとつ聞いていい？」

ちびちびとコロッケを箸《はし》で切っていたところで、顔を上げると、冬眞は少しだけ目を細めた。

「瑚春が住んでたところって、どんなところ？」

「わたしが住んでたところ？　どんなところって」

「この街じゃないんだろ、育ったの」

「うん、そうだけど」

生まれはここではないと教えた覚えはないけれど、ひとりで暮らしているし、両親からの手紙のこともあって気づいたのかもしれない。

「どこでもいいでしょう。どうでもいいし」

「どうでもよくないよ。瑚春が生まれ育った町のことだ」

「それよりもあんたがどこから来たのか教えてよ。そっちのほうが重要だよ」

「おれのことはいいよ。おれは、瑚春のことが知りたいんだ」

いいわけない。わたしのことなんかより、あんたのことをはっきりさせるほうがよっぽど大事なことだろうに。わたしのことはどうでもいいし、少なくともわたしが生まれた町について——あの町で過ごしたわたしのことについて、冬眞に話すことは何もない。

「とにかく、教えないから。あんまり追及してこないくせに変なところだけ知りたがるのやめてよ」

「なんだよケチだな」

「もう一回言ってみろそれ、追い出すぞ」

「そしたらまた拾ってもらうよ、瑚春に」

ごちそうさまと、わたしが言い返すのを避けるみたいに冬眞は言って、お皿を持って立ち上がった。わたしはむっとしながら、だけど確かにタイミングを逃してしまったわけで、仕方がないから残りのコロッケをひと口で平らげて、残ったコーヒーで流し込んだ。

　ごくん、と最後のひと口を飲み込む。

　ちょうどそのときに、お皿を洗いに行ったと思った冬眞が戻って来て、わたしのお皿を片付けながらどこかをついと指差した。

「教えてくれないなら、代わりに、あれを見てもいい？」

　指したのはたった二段しかない小さな本棚だ。適当に少ない本が積まれていたはずのそこは、いつの間にか綺麗に整頓されていた。昨日わたしが仕事に行っていた間にでも片付けたんだろうか。なんだか本当に主婦みたいな奴だ。

「あれってどれ？」

　と聞くと、冬眞は立ち上がって、本棚から一冊の分厚い本を持ってきた。いや、それは本じゃない。一冊の、分厚いアルバムだ。

「これ、見せてよ。昨日掃除してたら見つけたんだ」

「勝手に見ないでよ」

「見てないよ。だから今、見ていいかってこうして頼んでるんだろ」

　片付けられたテーブルに今度はそのアルバムがのる。元は真っ赤だったはずの表紙は随分色褪《あ》せて変色してしまっている。もうずっと長い間開いていなかったアルバムて来てしまったものだった。

「……勝手にすれば」

口の中で呟いて、布団の中に潜り込んだ。「瑚春はすぐ布団に潜るなあ」なんてのんきな声が遠くで聞こえて、アルバムの表紙が捲られるのが音でわかった。

あのアルバムには、生まれた頃からのわたしの写真が挟まれている。成長するごとに、いつか大人になったら見ようって、その時その時で一番いい写真を選んでそこに入れた。笑っていたり、時には泣いていたり、どんな感情でもいいから大切だと思えた瞬間をいつまでも残しておこうと思った。きっといろんな記憶はいつかは忘れてしまうけれど、それでも思い出せれば問題ない。本当に大切なものは心にしまって、忘れそうなくらいにどうでもいいけれどなるべく覚えていたいものは、このアルバムにしまうことにした。

それは、わたしたちの、大事な記憶の宝箱だったのだ。

長い間、静かな時間が続いた。時折ページを捲る音だけがその中に聞こえていたけれど、しばらくして、

「瑚春、この人は誰？」

と、問い掛ける声がしたから、もそりと布団から顔を出した。

「赤ちゃんのときからいつも一緒に写ってる。ひとりだけの写真なんてほとんどないくらいだ」

それだけで誰のことを聞いているのかわかった。部屋の明るさに何度か瞬きをしながら、冬眞が見ていたページを覗くと、高校の卒業式のときの写真が見えた。制服を着て、卒業証書の筒を持って、正門の前で同じ顔で笑っているわたしたち。あの町は桜が多かったから、学校にも立派なソメイヨシノがずらりと並んで植えられていた。春休みになると、写真の中ではまだつぼみしかないこの桜の下で、みんなでよくお花見をした。もちろん、きみも一緒に。

「春霞《はるか》」

それはまるで、自分の細胞のひとつのように体中に沁み込んだ名前だ。

何度も何度も呼んだ、大切なきみの名前。

もう居ない、きみの名前。

「わたしの、弟」

◇ 追憶Ⅰ

わたしと春霞は、同じときに、この世に生まれた。

お互いに違う細胞から誕生しながらも、この世に存在した瞬間から寄り添って生きる、二卵性双生児。わたしと春霞はまさにそれで、まだろくに人の形すらしていなかったときからお互いのそばで生きてきた。一卵性みたいに血以外の繋がりがあるわけじゃなかったけれど、違う人間なのに生まれる前から一緒に居る、そのほうがよっぽど、わたしにとっては特別な繋がりだった。

常に潮の香りが漂う海辺の小さな田舎町。

そこでわたしたちは、とても〝春〟とは言い難い真冬の季節に生まれた。だけどそれが一月だったことから「正月も、春って言うだろ」という両親の妙なこだわりのせいで、わたしたちの季節外れな名前は誕生の数ヶ月前から決められていた。

春どころか、雪がびゅうびゅうと降り続く絶好調な冬時の、雪景色のなか束の間現れた晴れ模様。それを待っていたかのように、わたしたちはお医者さんが切った母のお腹の中からおぎゃあと元気に誕生した。

双子はお腹の中ですくすくと双方順調に育っていたけれど、その病院じゃもうずっと、多胎妊娠の場合は帝王切開を行うことになっていたらしい。母は、赤ちゃんが元気に生まれてくれれば方法なんてどうでもいいわと思っていた人なので、予定どおり、入院して、陣痛が来て、わたしたちがぬるんと産道を通ってしまう前にお腹を切った。

そのときにたまたま、本当にたまたま。取りやすいほうに居たのか、お医者さんがわたしを先に取り上げてくれたおかげで、わたしは姉という生涯優位に立てる絶好の立ち位置をゲットしたわけだ。そして、そのたまたまのおかげで生涯不利な位置に立たされる弟というポジションに付かされてしまった片割れが、なぜ〝春霞〟なんてまるで女の子みたいな名前を付けられてしまったかというと、それはそのまま、春霞が生まれるまでずっと女の子だと思われていたからだった。

そう、春霞はお腹の中に居る間、なぜだか頑なに自分の大事なところを隠し続けていたのだ。お医者さんさえ欺《あざむ》くその技量はすさまじいもので、わたしたちを取り上げたお医者さんは両親に謝ったそうだけど、子どもの性別がどっちであろうと気にしない両親はいたって気楽なものだった。むしろひとりは女の子なわけだから、もうひとりが男の子だったことは逆によかったんじゃないのか。そんなことを言い合って笑って、母は何度も切ったお腹を余計に痛めていたそうだ。

だけどひとつ、問題が。それは子どもの名前のことだ。気の早い両親はかなり前から双子の名前を決めていた。生まれの一月にちなんで〝春〟の付いた名前。

〝瑚春〟と〝春霞〟。

だけど、それはふたりともが女の子であると想定しての名前だった。男の子なら、きちんと男の子らしい名前を考え直さなければならない。しかしそこで気の早さが仇《あだ》になる。数ヶ月も前からお腹に向かって「瑚春、春霞」と何度も何度も呼び掛けてしまっていたせいで、もうすっかりその名前がふたりに馴染んでしまっていた。

今さら変えられない。だったらどうする。まあいっか、このまま付けちゃえ。

そして弟は〝春霞〟という可愛らしい名前を手に入れた。

二卵性ではあっても、さすがに血の繋がった姉弟だけあって、顔はそこそこ似通っていた。特に小さい頃は一卵性と間違われるくらいにそっくりで、母はわたしと春霞の服を入れ替えて、おむつ替えをしようとした父を驚かせるといういたずらをよくやっていたらしい。

「ちんちんがない！」

もしくは「ちんちんが生えてる！」という叫び声がよくわたしの家からしていたと、小学生のときに近所のおばさんから聞いた。

そんなわけで父親すら騙せるほどにそっくりだったわたしたちは、けれど幼稚園に入園したあたりからはさすがに顔つきの違いも出始め、おまけにまったく違う性格の持ち主へと成長しつつあった。

よく言われたことがある。

「春霞くんのほうが、お兄ちゃんだと思ってた」

姉のわたしとしては甚だ不愉快な勘違いではあるけども、言い返すことを一度としてしなかったのは、言い返せないだけの事実がそこにあったからだ。甘えん坊で怒りっぽくて我がままで泣き虫で人見知りなわたしと違い、春霞は大層お行儀よくて礼儀正しくて愛想のいいしっかり者であった。

正反対のわたしたち。だけどわたしたちは、けしてお互いを羨《うらや》んだり妬《ねた》んだり蔑《さげす》んだりすることはなかった。だってわたしたちはふたりでひとつ。半分ずつのわたしたちが、ふたり集まればようやくひとつ。

ふたりは違ってあたりまえ。わたしはわたしで春霞は春霞。わたしは春霞、春霞はわたし。

わたしたちは、ふたりでひとつだったんだ。

小学校三年生のとき、春霞が近所の六年生の男子にいじめられた。

そいつは評判のガキ大将で、まあいわゆるただの馬鹿だったんだけど、なぜだか小学生ってのは体のデカい馬鹿を担ぎ上げる節がある。ガキ大将はそんな子分共を引き連れて、下校中の春霞を公園に呼び出して持っていた体操服を池に捨てた挙句、春霞本人もそこに突き落とした。お腹を壊して学校を休んでいたわたしが帰って来た春霞を出迎えると、全身びしょ濡れで玄関に居たから驚いた。どうしたの、とわたしが聞くと、春霞は笑いながら「池に落ちちゃった」と言うだけで。何かあったはずなのに何も言わない春霞に腹が立ったし、それよりも絶対に平気じゃないくせに笑っている春霞にもっと腹が立った。だけど何より許せないのは、春霞をこんな目に遭わせた奴のことだった。

結局、春霞は何も教えてくれなかったけれど、何があったかは次の日にははっきりわかった。原因であるガキ大将が、なぜだか自慢げにわたしに言ってきたからだ。

「おまえんとこの弟、昨日公園の池に落としてやったんだぜ」

どうやらガキ大将は、好きな女の子が春霞のことを好きだったという事実にショックを受け、その腹いせに春霞を池に突き落としたらしい。あんなモヤシよりもおれのほうが断然強くて男らしいぜってことをアピールしたくてそれをみんなに言いふらしているらしいけれど、救いようのない馬鹿だということしかアピールできていなかった。だけどわたしにとっては原因がすぐにわかったことが好都合で、このときばかりはそいつの馬鹿さに感謝した。

わたしはその日の放課後、例の公園にガキ大将とその子分共を呼び出し、決闘をした。

惨敗だった。

あたりまえ、人数もまったく違っていれば、そもそも三学年も上の相手だ。体の大きさなんてひと回りもふた回りも違う。それなりに運動と力には自信があったけれど、最初から勝てるはずのない決闘だった。

わたしは子分共数人とガキ大将本人の股間を蹴り上げ悶絶させてやったけれど、最終的にはぼこぼこにされて春霞と同様、軽々と池に投げ込まれた。すっかりオレンジに染まった夕暮れ時、相手もそこそこに満身創痍《い》だったのか、内股になりながら帰って行ったけれど、わたしはひとり浅い池に立ちすくみながら、じっと何かを堪えるようにくちびるを噛んでいた。

──悔しい。

なんで負けてしまったんだろう。勝てるはずのない決闘だった、でもそのときは負けるなんて思うはずもなかった。春霞の仇《かたき》を取るはずだった。春霞をいじめた奴が許せなかった。春霞に辛い思いをさせる奴なんて、ひとり残らず泣くまでぼこぼこにしてやりたかった。なのに。

「コハル」

気づけば、目の前に春霞が居た。池の縁にしゃがんで、笑いながら、わたしに手を伸ばしている。

「ごめん、タオルは持って来なかったよ」

わたしは伸ばされた手を掴むことはしなかった。冷たい池に突っ立って、コイに足をつかれたまま、顔を歪めて春霞を見上げる。

「何、笑ってんだ」

「笑うしかないよ。まさか池の真ん中に突っ立ってるとは思わなかったから」

「……負けた」

「知ってる。もう、かたき討ちなんてしなくていいのに。ほら、たくさんケガしてる」

伸ばしたままだった春霞の小さな手が、わたしのほっぺたに触れた。そこはちょうどガキ大将にグーで殴られた場所で、さっきからずくずくと痛んでいたところだった。

「絶対ケンカ売りに行くと思ったから、コハルには何も言わなかったのに」

「ケンカ売ったんじゃない。ハルカのかたきを取りに行ったの」

「だからしなくていいって言ったでしょ」

春霞の手がわたしの腕を掴んで無理やり池から引きずり出す。服は汚い水を吸って驚くほどに重たくなっていて、わたしは池の外の石畳に、そのままべしゃりと座り込んだ。

春霞が、わたしの前に一緒になって座る。

「どっか痛いところはある？」

「全部。全部殴られて蹴られた」

「そっか。じゃあ早く家帰って病院行かなきゃ」

「病院はやだ。きらい」

「じゃあお風呂入って消毒してばんそうこう貼ろう。歩ける？」

返事をしなかったのは、歩けないからじゃない。ただ、今口を開いたら、出してはいけないものが溢れてしまいそうな気がした。

春霞は黙ってわたしを見ている。呆れているのか困っているのか。双子なのに、わたしはいつも、きみの気持ちがわからない。

「コハル」

春霞が呼ぶ。春霞がわたしを呼ぶ声が、わたしはとても好きだった。いろんな人がわたしを呼ぶけれど、春霞の呼ぶ声だけはなんだかいつも違って聞こえた。春霞の声は、まるで元からわたしの一部みたいで、じんわり響いて溶けて沁みる。きっと、まだ十分に体が出来上がる前から呼び合っていたから、いつの間にか芯のほうに染み込んでしまったのだろう。

春霞の手が、頭に付いた葉っぱを取った。

春霞はわたしを見て、いつもみたいに笑っていた。

「ありがとう」

春霞の声が聞こえた瞬間、春霞の姿が見えなくなった。目からぼたぼたと涙が出る。それは頬を伝わず下に落ちて、池の水で濡れそぼっていた短パンをもっと濡らした。

「うわあああああん!!」

大声で泣いた。涙も声も枯れなくて、いつまでもそこで泣いた。

春霞はその間、ずっとわたしのそばに居た。


屋根の向こうに、夕日の頭がぎりぎり見えた。

家までの近くて遠い帰り道を、わたしは春霞と一緒に帰っていた。春霞は、片方の手でわたしの汚れた手を握って、もう片方の手でびしょ濡れのわたしのスニーカーを持っている。水を吸いすぎて歩くたびにじゅくじゅくいうのが気持ち悪くて、わたしが公園で靴下ごと脱ぎ捨ててしまったからだ。

道路にはアスファルトの欠片がいっぱい転がっていて、裸足で歩くにはなかなかに険しい道だった。だけど体中を怪我していて痛かったから、今さら足の裏の痛みなんて気にはならなかった。わたしはまだ半分泣いていて、鼻水もびよーんと垂らしたままで、だけど春霞の手だけはしっかり握り返して、置いて行かれないように隣を歩いた。ずずっと青っ洟《ぱな》を啜る。

「ハルカ」

「何？」

「なんでハルカは、泣かなかった？」

啜ったはずの鼻水が、ふたたびびよんと長く垂れる。それを見てか、はたまた別のことでか、隣で春霞が小さく笑う。

「何を泣くの?」

「ガキ大将にいじめられて、悲しくなかった?」

「悲しかったけど、まあいっかって」

「何がまあいっかなの。全然よくないよ」

「泣くほどのことじゃないし、それに、ほら、コハルが代わりに泣いてくれてる」

わたしを覗き込んだ春霞の目の中に、ぐちゃぐちゃなわたしの顔が映っている。それは、目の前にあるまだ少し似ている顔とは、まったく正反対の表情だ。

たぶん、初めて気づいたのはそのときだろう。春霞が泣かないのはわたしのせいだって。わたしが春霞の涙を取っちゃったんだって。そう思ったら悲しかった。それ以上に申し訳なかった。きっとわたしが弱くなかったら春霞の涙を奪うこともなかった。

そうか。全部わたしがいけないんだ。すぐに泣いちゃうのがいけないんだ。ガキ大将にも勝てないくらいに弱くて、鼻水垂らして大泣きしちゃうのがいけないんだ。

だったらもう、泣くのはやめよう。そしたらきっと春霞も泣ける。悲しいときは悲しいって言える。大声出して、涙を流せる。だからわたしが強くなろう。春霞のために、涙を流さなくてもいいくらいに強くなろう。春霞が涙を流せるくらい、強くなろう。

そう決めて、でも、いつもうまくはいかなかった。だって春霞がそばに居たら、いつだってわたしは、泣いてしまうんだ。

怪我は、案外早く治った。右ひじの擦り傷だけ池からのばい菌が入ったみたいでお医者さんに診てもらったけれど、もともとが馬鹿みたいな健康体だっただけあって、いつの間にか痕《あと》も残らず消えてしまった。

だけどその代わり、わたしはおでこと鼻の頭に新たな擦り傷を作っていた。例のガキ大将とふたたびの決闘をしたときに作ってしまった傷だった。だけど今回は殴り合いをしたわけじゃない。鉄棒対決をしたのだ。

ガキ大将は最初の決闘に勝ったにもかかわらず、わたしに股間を蹴り上げられたことを根に持っていたらしい。前の傷がちょうどかさぶたになったくらいに、学校の授業が終わったわたしを呼び出した。

今度の決闘の場は学校の運動場で、噂を聞きつけて集まったのか、無駄にギャラリーも大勢いた。ルールは、そのギャラリーたちが言う技にわたしとガキ大将がそれぞれ挑戦し、できなかったほうが負けという単純なものだ。よくもまあ年下の女の子にそんな闘いを申し込んだものだと思うけど、ガキ大将はとにかく自分が勝てればよしという心底馬鹿なガキだった。

だけど、わたしにとってはここでふたたびそいつの馬鹿さが好都合なときがやって来た。わたしは鉄棒が何よりも得意だったのだ。

さすがに自分から鉄棒対決なんて提示してきただけあって、ガキ大将もなかなかの腕前だった。デカい体でよくもまああそこまでできるもんだと、その場にいた全員が思っていただろう。わたしもガキ大将も一歩も譲らなかった。勝負は長くなるかもしれないと、わたしたちは互いに感じていた。

だけど、ギャラリーの中から飛んで来たひとつの声で、勝負は大きく動くことになる。どこからかその技の名前が聞こえた瞬間、騒々しかった空間は一気にしんと静まり返った。それは、とんでもなく危険な大技だった。それに挑戦する小学生たちにあまりに怪我人が続出したため、隣の学校では校長直々に禁止令を出したほどだ。そんなものに挑めるはずがない。さすがのガキ大将ですら尻込みして鉄棒に手を掛けられないでいる。

だけど、わたしは違った。鉄棒に手を掛け、腕の力だけで飛び上がると、一気にギャラリーから歓声が沸いた。後ろでガキ大将が息をのみながら見ているのがわかる。

わたしはそいつに目をやらずに、深くひとつ呼吸をした。そして足を鉄棒へ掛け、勢いをつけて体を回して。暮れかけた赤い空に、軽い体を飛ばした。

大失敗だった。

高く飛んで着地しなければいけないところを、わたしは思いっ切り顔から地面に滑り込んでしまったのだ。だけど勝負には勝った。ただでさえ尻込んでいたガキ大将は、血まみれになったわたしの顔を見てより怖気《おじけ》づいてしまったらしい、倒れ込んだ視界の向こうで、ランドセルを持って急いで逃げる背中が見えていた。

わたしは大技に失敗した。だけどそれに挑戦した心意気が素晴らしかったのか、ギャラリー全員に盛大な拍手を贈ってもらった。ガキ大将に勝った、英雄になった。それだけで、顔の痛みも気にならないくらい、言いようもなく誇らしかった。

それから暗くなってきたこともあって、集まっていたギャラリーたちは次々と下校して行った。わたしは、まわりに誰もいなくなった後も、まだしばらくその場で倒れ込んでいた。怪我をしたのは顔だけだから別に動けないわけではない。ただなんとなく、今は動きたくなくて、声を掛けてくれるみんなに大丈夫だと伝えて赤くなる空を見上げていた。

擦りむいた顔の傷が、少しひりひりし始めた。

「何してんの、コハル」

足音がして、目だけ向けると、案の定そこには春霞が立っていて、呆れた顔でわたしを見下ろしていた。

「そろそろ来る頃だと思ってた。委員会の仕事、終わった？」

「何してんのって、聞いてんだけど」

「わたし、ガキ大将に勝ったよ。みんなにも褒められた。すごいって」

あんなに褒めちぎられたのは初めてだ。今まで大したことをやってこなかったわたしがみんなに絶賛されたんだよ。強くなったでしょう、わたし。もう弱くないよ、泣いたりしないよ。

褒めてよハルカ。笑ってよハルカ。

すごいなコハルって、言ってみせて。

春霞は笑った。だけどそれは、わたしが思っていた顔とちょっと違った。

「馬鹿だな、コハル」

春霞の小さな手がわたしに伸びて、おでこの前髪を掻き分けながら、そっと撫でた。

瞬間視界がぶわっと滲む。急いで目を瞑ったけれど、涙はそこから溢れて零れる。

「……うぅっ」

ああ、だめだ、やっぱり。わたしは強くなんてなれない。泣いてしまうんだ。痛いんだ。悲しいんだ。きみがそばに来ると、どうしても溢れちゃうんだよ。

「好きなだけ泣いていいよ、コハル」

体を起こして、涙を隠すようにぎゅっと春霞にしがみ付いた。背中に春霞の腕が回って、ぽんぽんと軽く叩かれる感触がする。

「痛かったでしょ」

「うん」

「怖かったりもした？」

「あんまり」

「せっかくケガ治ったのに」

「またケガしちゃった」

「女の子が顔にキズつくっちゃいけないってお母さん言ってたよ」

「つくる予定はなかった」

「仕方ないなあ、コハルは」

　春霞の手が、頭を撫でる。わたしは強くくちびるを噛んで春霞の服を握っていた。だけど、我慢しても我慢しても涙は溢れるし、くちびるの隙間からは嗚咽《おえつ》が漏れる。春霞がひとつ撫でるたび、まるでそれが合図みたいに、わたしの泣き声は大きくなる。擦りむいた顔は焼けるみたいに痛かった。塩辛い涙が沁みて、また余計にじんじんする。

「コハル、もう二度と、こんなことしない？」

「……っ……しな、い……」

「ケンカ売らないし、買わないし、かたき討ちもしないし、あぶないこともしない？」

「もう、絶対……しないっ……！」

「そっか。じゃあ、帰ろう」

顔を上げると、わたしと色違いのTシャツに涙の染みができていた。もっと上げると、そこには春霞の顔があって、春霞はわたしと目を合わせて笑うと、手のひらでごしごしと涙を拭ってくれた。

帰り道は、いつもどおり手を繋いで帰った。近所のおばさんがわたしの顔を見てぎょっと驚いていたけれど、「どうしたの⁉」と詰め寄って来なかったのは、わたしが泣きまくってすっかりすっきりしたおかげでゴキゲンな顔をしていたからだろう。

「瑚春ちゃん、春霞くん、気をつけてね」

とちょっと窺《うかが》うような笑顔で言ってきたのが、なんとなく印象に残っている。

もうすぐ家に辿り着こうというとき、鼻唄を歌っていたわたしに、春霞が言った。

「今日は、悲しくて、悔しかったでしょう」

わたしはそれに嫌な顔を返す。

「やめてよ、今いい気分だったのに。もう忘れるの、それは。あとあのバカガキ大将のことも」

「バカガキ大将のことは忘れていいけど、でももったいないから、今日のことは覚えていようよ」

春霞がわたしを見る。わたしはなんとなく顔の力を抜いて春霞を見つめ返す。

「いつか、忘れた頃におれに話してよ。そしたらさ、ふたりで思い出してお腹かかえて笑い合おう」

あと、そうだね、こないだのぼこぼこにされて池に落ちたことも。春霞が言う。

わたしは「笑えるわけねえだろ」って返すけど、春霞はただにこにこしているだけだったからわたしももう何も言わなかった。春霞の手を軽く握り直して、それから、ちょっとだけ空を見上げてみた。夕暮れ時の空は怖いくらいに赤くて、それよりもちょっと薄いダイダイの、雲がいくつか浮かんでいた。


それからは、無茶をすることはなるべくやめた。

ガキ大将もケンカを売ってくることがなくなったから、別に意識しなくても無茶なんてしなくなったんだけど、それでも、春霞を困らせることはやめようと思った。だってどんなことをしたって結局わたしは泣いてしまうみたいで、それは自分が泣いてしまうようなことをしているのがいけないんだと気づいたわけで、だったら最初からそんなことをしなきゃいいんだと生まれて九年でようやくわかった。でも、だからってわたしの泣き虫が直るわけもなく、その後も何かにつけてしょっちゅう泣いてしまうのだけれど、そのたびに春霞は隣で笑って、わたしに寄り添っていてくれるんだ。

「好きなだけ泣いていいよ、コハル」

まだまだ小さな手でわたしの頭を撫でて。必死で我慢しているわたしは、まるで魔法みたいなその手のせいで、いつも大声を上げて泣いていた。それは、春霞のもみじみたいな手が、わたしのそれよりもずっと大きくなるまで続いて、魔法はいつまでも解けなくて、小さなぬくもりもいつまでも変わることはなかった。

そうか、春霞がそうやって甘やかすからいけないんだってあるとき気づいて、もうなでなでするなって怒ったことがある。そしたら春霞はいつもみたいに困ったように笑って、

「でも、コハルが泣きたいって叫ぶのが、聞こえるんだよ」

そう言っていた。


数えるほどしか見たことがない春霞の泣いた姿の中で、とても印象に残っているものがある。

それは、飼っていたハムスターが死んだときだ。

そのハムスターは、まだ五百円玉くらいの大きさだったときに近所のおばさんの家から貰ってきたものだ。茶色い、ジャンガリアンハムスターという小さな品種のそい

つは、そりゃもうひたすら捏《こ》ねくり回したくなるほどに可愛らしい奴だった。

わたしと春霞は、見た目の色からそいつに「みそ」という素敵な名前を付けて、毎日飽きもせずにせっせとお世話を続けた。みそは最初こそびくびくおびえていたけども、そのうちだんだん懐いてきて、飼い始めてから一年も経った頃には名前を呼べばのそりと小屋から出てくるほどになった。

わたしと春霞は心底みそを大事に育てた。手塩に掛けて、だけど「触りすぎると嫌われるぞ」と父に言われたからべたべた触るのは我慢して。小屋の掃除も毎日して、えさは無駄に真面目に栄養とかも考えた。

そのおかげか、みそは大変長生きした。寿命が二年から三年と言われるなかで四年近くも生きたから、ジャンガリアンハムスターにしては大往生と言えるだろう。病気もせず、怪我もせず、毎日をのんべんだらりと楽しく生きて、特に苦しんだりもしないまま、みそは冷たく硬くなってこの世にさらりとおさらばした。

わたしたちがそれを知ったのは、朝に、起きた直後のことだったと思う。その日は学校が休みで、少し寝坊したわたしたちを、いつもとは違う表情で起こしに来た母に違和感を感じたのを覚えている。みそは、ケージの隅のエサ箱で、大好きなペレットに囲まれて丸くなって死んでいた。まるで眠っているみたいで、だけどもう確かに、そこに温かな命はなかった。

父は、よかったじゃないかと言った。母は、頑張って生きたねと言った。確かによかった、みそは頑張って立派に生きた。だけどまだまだガキんちょのわたしたちが、そんなことを簡単に受け入れられるはずもなかった。わたしと春霞は、空っぽになったみそのケージの前で、ふたりくっついてわんわん夜中まで泣き続けた。まるでひとつのものみたいにぎゅっとお互い抱き合って、感情を分け合うみたいにして。お互いの涙が、お互いの体を行き来して、永遠に流れ続けているみたいだった。

泣き疲れてむぎゅっとくっついたまま眠ったわたしたちは、次の日になって、ようやくみそのお墓を作ってあげた。ティッシュにくるんでいたみその亡骸《なきがら》を、庭の椿の木の下に埋めてその上に大きな石を置く。椿は季節外れで咲いていなかったから、代わりに横に生えていた雑草を引っこ抜いてお墓に添えた。

みその体に土を掛ける瞬間だけ、わたしと春霞はもう一度泣いた。ぽつりぽつりと土に染みを作りながら、でも手は止めることなく、みその体を自然に返した。

「悲しいね」

土で汚れた手を見つめて、わたしはきっと、何を考えるでもなくそう言った。ただ悲しかった。ついこの間まで元気に回し車を回して、えさをくれとわたしたちに愛嬌を振りまいていたみそが、今はもう、居ないなんて。

「悲しいね」

春霞がわたしの言葉を繰り返した。同じように土で汚れた手のひらで、少し盛り上がった山を、慈しむように撫でていた。

「でもきっと、この思いはいつか宝物になる」

それは、小さな小さな響きで、あまりに頼りなくて、願いとも希望とも違っていた。

「宝物？」

「今はすごく悲しいけど、いつか綺麗な思い出になって、きっとまた、笑えるはずだ」

「忘れるのはいやだよ」

「忘れるわけじゃない。みそはいつまでもそばに居る」

――そばに居るんだ。

刻むように、春霞はもう一度そう言って、静かに両手を合わせた。わたしもそれを真似して汚れた手のひらをぴたりと合わせて、真っ暗な視界の中で天国に行ったみその幸せを願い、ついでに明日のテストで満点取れますようにと、祈った。

みそが死んでから、一週間くらい経ったときだろうか。すっかり落ち込んでいるわたしたちを見かねて、近所のおばさんがどっさりといろんな本をくれた。なんで本なのかはよくわからなかったけれど、みその最初の飼い主である近所のおばさんなりに、他に興味が移ればといろいろ考えてくれた結果なのだろう。その本は、ほとんどが近所のおばさん家の息子のおさがりだったのだけれど、単純なわたしたちは素直に新しいおもちゃに喜んだ。本といっても物語や伝記のような難しいものではなく、昆虫図鑑や動物図鑑や宇宙図鑑や恐竜図鑑など、とにかく子どもも心を鷲掴みにするようなものばかりだったわけだ。

そんなこんなで、わたしと春霞はふたりで夜中まで読み漁《あさ》るくらいにがっしりがっつり心を掴まれてしまって、結果、近所のおばさんの思惑どおり、みその死という悲しみから抜け出すことができたのだった。

本の中で、春霞が一番熱心に見ていたものがある。恐竜図鑑を読んでいるわたしの隣で、春霞はよく『鉱石の本』を読んでいた。それは他の図鑑とは違い子ども向けに書かれたものではなく、詳細にいろんな石の性質やら成分やら産地やら用途やらが記載されていて、つまり他に比べるとかなりつまらないものだったわけだけど、なぜだか春霞は頻繁にその本を手にして読んでいた。

興味がある、というわけではなさそうだった。そういう意味では宇宙図鑑のほうをよっぽど楽しそうに眺めていたし、むしろ石なんて他の何よりも興味なんてなさそうな様子だった。実際、基本的にはほとんどのページをぱらぱらと流し読みしていたに過ぎなかったのだけれど、春霞はその本の、たった一部分だけを、目に焼き付けるようにいつもじっと読んでいた。

それは、誕生石について書かれたページだった。本の最後のほうに、各月ごとに決められた石というのを写真付きで紹介していて、ほとんどおまけで付いたみたいなページだったのだけれど、春霞はなぜだかそこばかり、そりゃもう本が形づいてしまうくらいに読み込んでいたのだ。

「ハルカ、何それ」

あまりにも熱心に見ているので、特に興味はなかったけれど、何気なく聞いてみたことがある。

「誕生石だって」

「だから何それ」

「十二ヶ月それぞれの月にちなんだ石のこと。自分の生まれた月の石を持ってると、幸せを呼んでくれるらしいよ」

「うさんくさ」

「たしかにね」

春霞は眉を下げて笑いながら、そのページをわたしに見せてくれた。わたしは、石ごときに変なパワーなんてあるわけねえだろと思っていた冷めたガキだったので、そんなもの見せられたところでやっぱりなんの興味も湧かなかったのだが、写真に写っていた宝石みたいないろんな石は、素直に綺麗と思えた。

春霞の小さな指が、その綺麗な石の中からあるひとつを指し示す。

「これが、おれたちの誕生石」

それは、ページの一番最初に紹介されていた。まるで血のような、黒の混ざる赤い石。

ガーネット。

「か、可愛くない！」

第一の感想がそれだった。わたしは淡いピンクとかオレンジが好きな、なかなかに乙女な奴だったのだ。

「可愛くはないけど、綺麗だと思わない？」

「うーん……んー」

「赤く光ってるの、すごくかっこいいし」

「言われてみればそうだけど、でもダイヤモンドのほうが綺麗だしかっこいいよ」

四月の誕生石で紹介されているその石は、実物はまだ見たことがなかったけれど、名前ならあたりまえのように知っている石だ。すごく綺麗で、すごく高くて、金持ちがじゃらじゃら身に着けている宝石。なんだかものすごく四月生まれに負けた気分だ。

「そりゃあ、ダイヤモンドは宝石の王様だしね」

「王様かっこいい！　よし、わたしの誕生石はダイヤモンドにしよう」

「無茶言わないでよ。変えられないよ、こういうのは」

「えええ」

そんな理不尽がまかり通っていいのか。露骨に顔を歪めるわたしに、春霞は小さく笑ってみせた。

「でもさ、おれはやっぱりこの石が、なんだか特別に思えるんだよね」

春霞の手が写真の赤い石を軽く撫でるのを、わたしは顔を歪めたまま見下ろしていた。写真の中の赤黒い石はやはりどう見たって可愛くは思えない。可愛く思えなきゃ、もちろん好きとも思えない。女心は、複雑で単純なのだ。

「特別って何？　なんかパワーでも感じるの？　うわ、ハルカが変なのにめざめちゃった」

「そうじゃないよ。おれもそういうの信じてないし」

「じゃあ何？　色だってこういうの、別に好きじゃなかったでしょ」

こんな濃い色よりは、水色とか黄色とか、爽やかな色が好きな奴だった。石が好きなわけでもなく、赤が好きなわけでもない少年は、いったいこの石のどこに魅せられたのか。

「さあ、おれもよく、わかんないんだけど」

春霞はちょっと首を傾げて困ったような顔をする。そしてぱたんと本を閉じて、何かを考えるように少し間を空けた後、わたしを見た。

「でも、おれとコハルが生まれた月の石なんだ。それだけで、おれには特別」

そうでしょ、と春霞が言って、なるほどな、とわたしは思った。

なるほどそうか、だったらわたしにも特別だ。たとえそれが宝石であろうとガラクタであろうと、不思議なパワーを持っていようとなかろうと、きみとわたしが一緒に生まれた奇跡みたいな日に関わるものはなんであろうと特別だ。

春霞が笑うと、いつも猫っ毛がふわりと揺れる。さらさらなのに柔らかくて、撫でるとすごく気持ちいい。だからたぶん、春霞はよくわたしの頭を撫でるんだ。だってわたしも同じ髪質だから、さらさらでふわふわで触るとなんだかほこほこする。同じ髪の毛、同じ感触。まったく違うのに、同じものを持って、一緒に生まれてきたわたしときみ。そのたったひとつの奇跡が、世界中のいろんなものをわたしに特別に見せるのだ。

「なんかこの石、可愛く見えてきた」

「コハルは単純だね」

「そこがわたしのいいところなんだと思う」

「そうだね」

春霞が、わたしの頭をよしよしと撫でる。

このときの春霞の手は、まだわたしのそれとそんなに変わらなくてとてもとても小さかったのだけれど、そんな何も掴めない心許《もと》ないはずの手が、わたしにとっては何よりも安心できる場所で、きっとこの先、お金をなくしてホームレスになったとしても、歯が全部虫歯になったとしても、全身がもじゃもじゃになってゴリラになったとしても、たとえどんな辛いことがわたしに降り掛かったとしても、この手さえ、春霞さえそばに在るならばわたしは生きていけるんじゃないかと、なんとなく、本気で、思った。

それを春霞がくれたのは、小学校六年生のときの誕生日だった。

わたしたちの誕生日は、元旦を少し過ぎた一月で、つまり子どもたちがとある理由からたんまりお金を持っている時季であった。もちろんわたしたちも例に漏れず、そのときばかりは大金を（子どもにとってはだけど）懐に抱えていたわけで、毎年その大金をはたいて用意したプレゼントを交換し合うのが、小さな頃からのふたりの誕生日の決まりごとだった。

その年にわたしが春霞に用意したプレゼントは、流行っていたスポーツブランドのかっこいいバッグだった。小学生が買うにしては随分高い買い物だったけれど、もうすぐ中学生になるからそのお祝いも兼ねてと、ちょっと奮発してやったのだ。

プレゼント交換はふたりの部屋でと決まっている。それぞれ家のどこかに隠していたプレゼントを持ち寄り、毎年のごとく部屋に集まったとき、わたしは大きな袋を抱えていて、春霞は小さな箱をひとつ手にしていた。

何だこの差は、とすかさず思った。その小さいのはどういうわけだ、わたしは何軒ものお店を見て回って、一番かっこいいのを選んで、ちょっと出し渋ったけどお年玉をほとんど使ってこんなにもでかくて立派なものを用意してやったというのに。よっぽど持っていたプレゼントでしばいてやろうかと思った。だけどベッドに腰掛けていたわたしの手に、春霞が小さなクリーム色の箱をそっと落とすから、まあ判断するのは中身を見てやってからでも遅くはないかと、とりあえずプレゼントはそのまま手渡すことにした。

箱の中には、歪な形をした石の付いた、一対のペンダントが入っていた。並んで箱に入れられたそれは、とてもじゃないけれど可愛いとは言えない赤黒い色をしており、つまるところわたしの趣味とはほど遠かった。

「なんだこれ！」

間髪入れず叫んだのは言うまでもない。

「ペンダントだけど」

「見りゃわかるわ！　可愛くない！」

「うん、そう言うと思った」

ちくしょう、わたしは春霞に似合うかっこいいものを必死こいて探したというのに
お前は一体何を考えてこんなものをわたしに寄越したっていうんだ。

明らかに機嫌を悪くするわたしに、だけど春霞は楽しそうに笑っているからなんだか余計に腹が立つ。そう言うと思った、って。そう言うと思ったんなら初めから可愛いものを買って来い。

「形も変だし」

「理由はあるよ」

「二個もいらないし」

「ひとつはおれのだよ」

春霞がわたしの手から箱をひょいと取り上げる。い、今貰ったところなのに……と唖然《あ》とするわたしを尻目に、春霞はペンダントをひとつ手に取って、わたしの前に屈《かが》んだ。

「おれからの、プレゼント」

春霞の手によってわたしの首に赤いペンダントが下げられる。心臓のあたりまで届くチェーンの先の可愛くない石は、小さいのに案外ずしりと重たく、妙な存在感がある。

「で、こっちはおれのね」

同じものが春霞の首に下がった。わたしのとは少しだけ形状の違う、でも同じように歪な形をしている。まるで半月のように、綺麗に平らになっている面があるが――これはわたしのも一緒だ――その一面以外はごつごつと岩のような凸凹があり、磨かれていないこの部分の形はわたしと春霞のものとで微妙に異なっていた。おそらく加工をしていない、自然の形なのだろう。

「ね、コハル。覚えてる？　この石」

問い掛けに首を傾げたものの、その反応は春霞には予想どおりだったようだ。

「いつか本で見たよね。おれたちの誕生石」

「誕生石？　あ、あの、可愛くない石か」

「うん、そう。コハルは、ダイヤモンドのほうがいいって言ってたけど」

そう、わたしたちの生まれた月の石。わたしたちが一緒に生まれた奇跡みたいな日に関わる、春霞が教えてくれた特別な石だ。

「ガーネット」

声は重なって響いた。

春霞の胸元の石が、少しだけ弾んで揺れた。

「そういえばハルカ、ずっとこれの写真見てたもんね」

「うん、いつか欲しいって思ってたんだ。でもおれがひとりで持ってたら、ぜったいコハルも欲しいって言うだろ」

そんなことはない、と言い返そうとして、でもそんなことなくはないなと思い直した。確かに春霞が持っていたらわたしも欲しいと駄々を捏ねたはずだ。たとえ好きではなくても人の持っているものはよく見えて羨ましくなるものなのだ。

「だからさ、誕生日プレゼントに一緒に買って渡そうと思ったんだ」

だったら言ってくれれば、わたしがハルカの分のペンダントを買ったのに。それをわたしからの誕生日プレゼントにできたじゃん」

「まあ、それとは別でコハルからのプレゼントも欲しかったし」

春霞が、ベッドに置いていたわたしからのプレゼントであるバッグをポンと叩く。さすがにひたすら悩んだ末に決めたものなだけあって、春霞も気に入ってくれたらしい。気に入らないなんて言ったら殴るつもりだったが。

「大事に使ってね」

「うん。でもこれ結構高そうだね」

「結構どころじゃないくらい高かったよ。奮発した」

「へえ、いくら?」

金額を言うと、春霞が目を丸くした。そして視線を泳がせてから小さく笑い「ごめん」とわたしに目を向ける。

「え、まさかこの石、もっと安かった？」

「うん……まあ少しね。磨いてあれば宝石みたいに高いらしいけど、これそういう加工してないからね。お手頃価格だったよ」

「ずるい！　わたしお年玉ほとんど使ったのに！」

「こういうのは金額じゃなくて、気持ちでしょ？」

「ぐぬぅ」

確かにわたしが買いたくて買ったわけだし、いつも金額なんて決めていないから文句の言いようもない。よし、だったら仕方がないから今年は譲って、来年は春霞に奮発してもらうことにしよう、そう決める。そのわたしの決意を見抜いていたのか、春霞はわたしを見ながら、薄く苦笑いを浮かべていた。

春霞の指が、自分の胸元をこつこつと指して、それからわたしに向けられる。

「このふたつはね、もともとはひとつの原石だったらしいんだ」

それをふたつに割ったものだと、春霞はわたしに教えてくれた。なるほど試しに平らな面を合わせてみたら、そのまわりの凸凹の部分が確かにぴたりと重なった。

「ほんとだ。ふたつじゃなくてひとつだ」

「そう。おれたちのこれはひとつになるために割れた一部で、ふたつ合わさってようやくひとつなんだ」

　春霞の指が石を撫でるから、わたしも真似して胸元に手を置いた。ごつごつとした感触は慣れなくて、首から下がる重さにもまだ違和感を覚える。

「半分こするんだ。ふたりでひとつ」

　石はやっぱり可愛くないから、乙女なわたしの趣味には到底はまりそうもない。おまけに重たくて邪魔だし、そもそもわたしは洋服や雑貨は好きだけどアクセサリーにはあまり興味を持っていないんだ。だけどそれが、春霞とお揃いだったのなら話は別。わたしはなんだってきみと一緒なら嬉しいし、きみと一緒なら特別なのだ。だってわたしたちはふたりでひとつ、ふたりで手を取り合ってどこまでも歩くために、生まれる前からそばに寄り添ってきたのだから。

「これでいつだって、一緒に居られるでしょう」

　春霞の手が、今度はわたしの石を、まるでそこに何かを刻んで祈るように撫でる。

「コハル、これはおれたちの目印にしよう」

「目印？」

「うん。たとえ相手がどんなところに居たって見つけられるように。繋がりを示す証として、これが結んでくれるはずなんだ。おれとコハルがどんなときでもきっと、離れ離れにならないようにって」

そんなものはいらないと思った。

そんなものなくたってわたしたちが離れ離れになることなんて絶対にない。わたしはきみのそばで、きみはわたしのそばで、きっとこれからもずっと一緒に生きていく。けしてひとりにならないように。

そのために同じときに生まれた。そのために寄り添って生まれた。

そのためにわたしたちは、お互いのそばで、この世界に生まれたんだ。

「うん、わかった」

それでも単純に、首から下げられた同じものに言いようのない嬉しさはあった。春霞と同じものを身に着けていられる、それだけでこのペンダントは一瞬にしてわたしの何よりも大事な宝物になったし、たとえ首をもがれたとしてもこれだけは絶対に離さないでいようと、幼いながら恐ろしい決意まででした。

その決意どおり、わたしはそれから一度もそのペンダントを外したことはない。春霞との繋がりを示すガーネットは、今でもずっと、わたしの首から下がっている。離れ離れになった今も。きみの姿が見えない今も。

わたしの声がきみに届くように。

ずっとそれを、抱き締めている。

第四章

淡色の鱗《うろこ》

The fourth day

『やっぱり、ここに居た。
本当にコハルは世話が焼けるね』

朝が苦手なのは昔からだ。

昼過ぎまで眠ることを有意義に思う性格だから、「寝るのがもったいない」なんていう奴の考えはわからないし、むしろ眠れる時間があるのに早起きをすることのほうがよほどもったいないと思えた。学校のない土日は大抵いつも遅くまで寝て、『そろそろお昼ご飯だよ』とよくハルカに起こされていたものだ。学生ではなくなり、そして起こしてくれる人がそばに居なくなった今も、わたしのその性質は変わらない。だから休みの日に携帯のアラームを掛けることなんてこの五年間で一度もなかった。もちろん今日だって、アラームどころか電源を切って、眠りについたはずだったのだが。

「朝だぞ瑚春、起きろ」

夢すら見ていない深く心地よい眠りを清々しく遮る声がする。途端、ぬくぬくと温まっていた体にひやりと冷気が差し込んで、わたしは重たい瞼を半ば無理やりこじ開けた。

「いつまで寝てんだ。寝坊助だな」

うるさいな、わたしはまだ寝ていたいんだよ、ハルカ。

ぼやける視界を持ち上げれば、ハルカの色素の薄い猫っ毛とは似ていない、癖のある黒髪が見下ろしている。

「……冬眞」

「休みだからって寝すぎだろ。世間はもう活動してる時間だぞ」

　ふたたび閉じかける瞼の向こうで、聞こえたのは小さなため息だった。呆れ顔に見下ろされる一日の始まりというのもどうなんだろう、実に不愉快で不吉きわまりない気がしてならない。だったらもうあれしかない、うん、つまりこれを始まりにするのはよそう、うん、そうしよう。

　存外働く頭でそう考えたわたしは、足元に固まる剥《は》ぎ取られたのであろう掛け布団を引っ張り上げ、二度寝に挑んだ。だけど迷惑な居候は、今日も立派に主《あるじ》に迷惑を掛けてくる。

「なんでまた寝ようとしてんだ馬鹿！　起きなさい！」

「うぅ、今日は休みじゃん……もっと寝かせろ馬鹿」

「十分寝ただろ。もうゴハンも作っちゃったから、起きないと朝飯抜きだぞ」

「ぐぬぅ」

　確かにいい匂いが漂っている。昨日の夕飯後から何も食べていない空きっ腹は、その匂いに敏感だ。

「ちくしょう、食べ物でつるとは卑怯だな……」

「そういうつもりでもなかったんだけどな。本当に寝起き悪いな、瑚春」

「ほっとけ」

ずるりとベッドから滑り降りてテーブルの前に座る。今日の朝ご飯は、フレンチトーストとアロエヨーグルトだった。

まだ起ききらない頭で、掛け布団を肩にのせたままもそもそとそれを食べていると、先に食べ終わった冬眞が何やらじっとこちらを見ているのに気づいた。けれど、また何か面倒くさいことを言い出す予感がしたから、無視しておく。

「なあ、瑚春」

話し掛けてきた。無視。

「なあ瑚春。今日、どっか出掛けない？」

無視。

「無視すんなよ。泣くぞ」

「そしたら追い出す」

「なあ、買い物に行きたいんだ。連れてってよ」

「あんたこそわたしの話を聞けよ」

不毛な朝は過ぎていく。

また食料品の買い出しにでも行きたいのかと思ったら、どうやらそうではないようだ。生意気にも冬眞は普通に〝休日〟のお買い物に行きたいらしい。

「無一文のくせに何言ってんだ」

「お金ならあるよ」

寝癖だらけの髪を掻きながら洗面所に向かおうとしたら、冬眞がそんなことを言いだすもんだから足を止めた。振り返ると、にっこり笑う冬眞がいる。

……お金がある？

いやいや、そんなはずはない。だってこいつはお金どころか身分証も何も持っていなかったんだ。初めて会った日に持ち物はパンツまできっちり調べたから、見落としているはずもない。

「あ、疑ってるね」

「いやむしろ、金があるならとっとと礼だけ置いて出て行けって思ってる」

「ひどいなあ瑚春」

間延びした口調はちっともそんなふうには思っていないみたいだ。冬眞は壁に掛けていたモッズコートに手を伸ばすと、ポケットからいちご柄の縦長の封筒を取り出した。わたしはそれに見覚えがある。

「昨日、店長さんから貰ったんだ」

「い、いつの間に」

「なんかおれのおかげで繁盛したからってさ。おれはいらないって言ったんだけど、いらないなら瑚春にあげろって」

ひらひらと振られるファンシーな柄のその袋は、わたしが毎月貰っているものと同じものだ。今どき手渡しというアナログな方法で渡されるわたしの給料は、いつもそれに入っている。

「なら、わたしに頂戴よ。宿代と食費として受け取ってやる」

「嫌だよ。ちょっとおれ、買いたいものができたんだ」

「嫌って。そんなこと言える立場かあんた」

だけどなぜだか冬眞はかたくなにそれを寄越そうとはしない。寝起きでまだ動きがのろいわたしのタックルをひらりと避《よ》けて、それから大事そうにもう一度、コートのポケットにそれをしまった。

……まったく、一体何が欲しいのか。大した金額も入っていないと思うのに。

「よし、じゃあ何が欲しいか教えてくれたら、そのお金はあんたの好きにしていいってことにしよう」

我ながら、神のように大らかで優しい人格に惚れ惚れする。

「やだ。まだナイショだもん」

このやろう、フライパンで殴り倒してやろうか。ぎりりと睨むわたしの心を知ってか知らずか、冬眞は楽しげに笑ってわたしに言う。

「後で教えるよ。だって瑚春へのプレゼントだから」

「プレゼント？」

「ああ。だからまだ、秘密なんだ」

人差し指を立てて、それを自分のくちびるに当てる。その仕草がまるで小さな子どもみたいで、だけどからかわれているのは自分のほうのような気もしてもやもやとした面倒な思いが頭の中を駆け巡るけれど、それは寝起きの脳みそにはちょっと酷だったから、とりあえず何も考えないことにした。


わたしの住む丘を下りて、街の中心部に入ったところ。わたしの通勤路でもある通りとは少し離れた若者向けの街並みの一角に、このあたりで一番大きなショッピングモールがある。

ここに入る専門店は基本的に若い女性向けの店が中心だけれど、平日の真昼間というだけあって、お客さんは小さな子連れの主婦や年配の方が多かった。きっとほとんど毎日来ているのであろうその人混みの中に混ざると、なんとなく無意味な疎外感を覚える。近所ではあっても滅多に来ないこの場所は、わたしには居慣れない場所で、どうにも居心地が悪かった。その中を、どの店に入るでもなく冬眞とふたり、ふらふらと歩きながら回っていた。

ふと、きっとわたしたちはフリーターのカップルにでも見えているんだろうなと考える。だけどみなさん、勘違いするな。この男はフリーターなんてそんなろくなもんじゃない。ただの迷惑な居候です、ニートです、そしてヒモです、けなしてやってください。

と、叫びたい気持ちを必死で抑えていると、ふいに冬眞が立ち止まる。そして振り返り、

「じゃあ、今からは別行動。三時にここに集合ね」

と言って、わたしの返事を聞く間もなく颯爽《さっそう》とその場を立ち去って行った。その背中を見送りながら、今のうちに帰ってしまおうかと考えて、だけどそういえばトイレットペーパーがなくなりかけていたなと気づき、のろのろと日用品売り場に向かった。

一番安く売っていたトイレットペーパーを買って、買った途端、この大荷物は最後に買ったほうがよかったんじゃないかと後悔した。だけど買ってしまったものは仕方ないからと、でかい荷物を抱えたままショッピングモール内をうろうろしていた。

若者向けの店内には、流行りのアパレルショップが並んでいる。見る場所見る場所、女の子なら皆が目移りしてしまいそうな品が揃っていて、特にどこも、まだまだ続く冬に向けてかアウターが多く置かれていた。なんとなく立ち寄った店の正面にあった

色とりどりのコートを眺めてみる。わたしの着ているものと違い最新の流行りのデザインのそれは、少しの傷みも解れもない。新品の、綺麗でお洒落ないくつもの服。しばらくしたらにこやかな笑顔の店員さんが近づいて来たから、わたしは軽く頭を下げて、その店を出た。それからはまた当てもなく、ぼうっとまわりを眺めながら歩いた。

服を見たり、買ったりするのは好きだった。小さい頃から可愛いもの好きで、特に中学に上がった頃からはお洒落をするのも大好きになった。ファッション雑誌をいくつも買って、休みのたびに買い物に出掛けて、気に入った服が買えればその日のうちにすぐに家で着てみたりした。

『もう着てるの？　コハル』

ハルカが笑いながら見に来るから、わたしはまるでモデルにでもなったみたいにくるりと回って、どうかな、と訊ねるんだ。そしたらハルカはいつだって、

『うん、似合ってる』

ってわたしに言った。

お洒落が好きだったのは、きっと可愛いからだけじゃなくて、ハルカが褒めてくれるのが嬉しかったからなんだと思う。だから調子に乗って買い過ぎて親に怒られてしまっても、ハルカが「似合ってる」って言ってくれるだけで、どんな気持ちもすっき

り晴れた。だけど今は褒めてくれるきみが居ないから、この季節に着る分厚いコートは、五年間、新しいものには変わっていない。

もともと買い物は長いほうじゃない。嫌いなわけではないけれど、だらだらと長時間ひとつの店に留まることをしないタイプではある。さらっと入って、さらっと回って、パッと見ていいなと思ったらちゃちゃっと買ってさっさと出る。そんなふうだから、他人と買い物に来るとどうにもペースが合わなくて、いつも大体気疲れだけして終わっていた。だから今日、冬眞が別行動を取ってくれたことは何気に好都合でもあったのだけれど。

「……遅い」

冬眞がなかなか戻って来ない。後ろに建つ時計を見れば、約束の時間はもう僅かだけど過ぎている。わたしが集合場所に早く来すぎてしまったせいもあるけれど。もう三十分も待っている。わたしが三十分早く来てしまったせいもあるけれど。もう三十分も待っている。遅い。

「よし」

帰ろう。と決めたそのときだ。ふわりと香ばしい匂いがして、目の前に白い紙袋が浮かんだ。

「おまたせ、瑚春」

「本当に待った。めちゃくちゃ待った」

「うそ。ちょっとしか時間過ぎてないよ」

「わたしが早く来たから」

「それ、おれ悪くなくない？」

冬眞は困ったように笑いながら、いい匂いのする紙袋を開けた。

「あんことカスタード、どっちがいい？」

問い掛けに、わたしは迷わず「あんこ」と答える。それから出てきたのは、思ったとおり、出来立てらしいたい焼きだった。ここにあるたい焼き屋は地元でおいしいと評判の店だ。パリパリで香ばしい皮の中には、甘いあんこがたっぷりと詰まっている。

「まさかこれが、あんたが買いたかったやつじゃないだろうね」

「まさかそんなわけ。これは遅れたおわび。というか、これ買ってたから遅れたんだけど」

「ふうん」

頭から齧《かじ》る。頭部のなくなった魚の姿は何気にむごいなと思ったけれど、このほくほくとしたおいしさの前ではそんな感情はすぐに消え去る。

「瑚春は頭からいくのか」

ぼそりと呟きながら、カスタードのたい焼きをしっぽから食べる冬眞を見て、なさけない男だな、と思ったけれど、あんこがおいしかったから口には出さなかった。

「で、欲しいものは買えたの？」

最後のひと口を飲み込んでから訊ねると、冬眞はこくりと頷いた。何を買ったのか気になるけれど、家に帰ってから見せる、とのことだ。とりあえずは目的も果たしたし、さっさと帰るしかない。

「あ、でもその前に」

「まだなんかあるわけ？」

「欲しい服があったんだ。あと下着も。ちょっと瑚春、買ってくれない？」

「ヒモは黙って家事だけしてろ」

冬眞は両手に紙袋を持って、わたしは片手にトイレットペーパーをぶら下げていた。少し日が暮れかけたオレンジの坂道を、ゆっくりゆっくりのぼって行く。

「これで当分、着替えには困らないな」

斜め後ろから声がして、わたしは振り返らないままそれに答える。

「領収書切ってあるから、後で返してね」

「体で払うよ」

「結構です。金で払え」

「素直じゃないなあ、瑚春は」

「だいたい着替えなんて別に困ってなかったじゃん。スウェット貸してあげてたでしょ」

「でもあれってもともとは瑚春の元彼のなんだろ」

「そうだよ。あんたよりずっといい男だった。すごい借金しててお金せびられたから別れたけど」

「それのどこがいい男だよ。ともかくな、元彼のだなんてなんか嫌なんだよ。よくわかんないけど、あんまりいい気持ちはしないだろ。瑚春の前の男の物を着るとかさあ」

「自分が今の男みたいな言い方しないでよ」

「あれ、おれって今の男じゃなかったの？」

「わたしはもうお金を持っていない男とは付き合わないって決めてるの」

「なるほど、賢明だな」

冬眞がからからと笑う。わたしは何も返さない代わりに小さく息を吐いて、白く濁るそれにまだ寒くなるのかなと思いながら、足を止めないまま、ガードレールの向こうに目を向けた。眼下には広い街、その向こうには街を囲む低い山脈があって、そのさらに奥には、沈もうとしている夕日が見える。大きく燃える、空を丸く切り取る緋《ひ》色の太陽は、いつか生まれた町でよく見ていたものとまったく変わらない。世界が、人が、刻一刻と変わっていくのに、それだけはいつまでも何ひとつ変わらないでそこに在る。

明日を、まるで希望のような存在に人はしたがるけれど、そんなもの、何もしなくたって、夜が明ければ容易《たやす》くそばにやって来る。頼んでもいないのに空は気づけば薄くなって、闇に隠れる小さな体を嘲《あざ》笑うかのように日はまた昇る。

明日なんて来なくていい。世界なんて止まればいい。

弱くて小さな心の中でどれほど叫んでも返事はなくて、世界は一瞬たりとも止まらず進む。居場所を失くしたわたしを置いて、どこまでも止まらず流れ続ける。

「瑚春」

前から、冬眞がわたしを呼ぶ声がする。さっきまで後ろに居たはずなのにいつの間に追い越されていたのだろうと思ったけれど、立ち止まってわたしを振り返る冬眞を見て、ようやく自分が足を止めていたことに気がついた。

「どうした?」

「何もないよ」

ふたたび歩き出す。緩い坂道を、足元を見ながら一歩一歩のぼって行く。わたしが横に並んだところで、冬眞も同じように足を踏み出した。

「なあ瑚春、家に帰ったらプレゼントをあげるよ」

冬眞が言ったのは、坂道の終わりが見え始めたときだった。坂をのぼりきった先にあるロータリーの、中央に生えた金木犀《きんもくせい》が顔を出す。

つま先が小石を蹴る。転がったそれを今度は冬眞が蹴って、どこか遠くに飛んでいった。確か昨日も同じことをしたなと、ふと思う。

「なあ、瑚春」

隣で冬眞が空を見上げた。わたしは顔を伏せていたけれど、なんとなくわかった。

「おれは、これまでにいくつも、いろんな人からプレゼントを貰ったけれど、その中でたったひとつだけ、とても大切な贈り物を貰ったんだ」

坂道の頂上の小さなロータリーに、斜めにオレンジの光が差していた。ゆっくりと日が落ちていくのに合わせてオレンジは狭くなり、影とオレンジの境界線が、波が寄せるようにここへ近づく。わたしは、その境界線に沿うようにして、視線を上げる。

その先に、冬眞が居て。鮮やかな色に映されたその笑顔が、あまりにも綺麗だったから。

「そのプレゼントは、おれの世界を変えたんだ」

わたしはなんだか、泣きそうになった。

コーヒーの湯気がゆっくりのぼって消えていく。わたしの甘い香りのそれとは正反対のブラックを、冬眞はひと口こくりと飲んだ。カップが置かれる。テーブルを挟んで向かいに座っている冬眞が、背中に隠していた場所から何かを取り出した。

「はい、プレゼント。お世話になってるお礼です」

手のひらよりも小さいくらいのサイズのそれは、ピンクの袋の口を可愛らしい赤のリボンで止めてあった。その、リボンの中央に小さな造花を付けたラッピングは、わたしにとって非常に馴染み深いものだ。

「これ、うちの店のじゃないの？」

「うん、正解。昨日、貰った給料でこっそり買ったんだ」

「……今日、プレゼント買いに行ったんじゃなかったっけ？」

「それはまた別のがあるんだって」

聞いていないぞそんなこと。いつの間に勝手なことをしていたのか知らないけれど、わたしの見ていないところで余計なことをするのはやめて欲しい。そもそも自分が働いている店の商品を貰ったところで、素直に喜べるもんなのか。そういうところをこいつは考えないのだろうか。まあ、タダで貰えるものならなんでも嬉しいが。

「とりあえず先にそれ、見てよ」

じとっとした不審な目に気づいたのか、そうではないのか、無視しているのか。冬眞の指が早くしろとでも言わんばかりに袋を指すものだから、わたしは訝しむ気持ちをもろに顔に出しながらも、綺麗に結ばれていたリボンを解いた。

入っていたのは、小さな一対のピアスだった。シルバーの土台に石がひとつ付いただけのシンプルなデザインのピアスで、最近始めた天然石のコーナー用にいくつか発注していたアクセサリーのうちのひとつだ。

「これって」

そのピアスに付いた石は、わたしがいつも服の下に下げているネックレスと同じものだった。

「ガーネット」

冬眞が呟く。

「それって瑚春の誕生石なんだろ？」

「なんで知ってんの。わたしの誕生日なんて、あんたに教えてないでしょ」

「うん、知らなかったよ。だからおれは、おれの誕生石を買ったんだ」

手の中の赤い石は一月の誕生石だ。いつか冬眞の名前を聞いたとき、こいつも冬に生まれたのかと考えたけれど、当たっていたらしい。自分も一月生まれなのだと冬眞は言った。

「瑚春がバックヤードに行ってるときにね、こっそり買ったら、店長さんが教えてくれたんだ。ガーネットは瑚春の誕生石だって」

「個人情報漏えい」

「驚いたな、おれ、瑚春は春生まれだと思ってたから」

「よく言われるよ」

なんとも季節外れな名前だから。そのおかげで、子どもの頃は誕生日を知られると何でと詰め寄られて非常に面倒くさかったことを今でも覚えている。それでも自分の名前が嫌いじゃなかったのは、もちろん〝春〟の字をお揃いで持っている人が居たからだ。

「まあ、とにかく、瑚春も同じならちょうどよかったよな。それがおれからのプレゼント」

にこりと微笑みながら可愛い子ぶって首を傾げるその姿に、じとりとした視線を送る。

「あのさ、悪いけどわたし、ピアスの穴開いてないんだけど」

学生時代、開けたいと思ったことはあった。だけど結局なんだかんだでそれは実現しなかった。ピアスの穴を開けることになんの規制も後ろめたさも感じない歳になってもまだ、わたしの耳たぶは生まれたままの綺麗な姿だ。つまりピアスは着けられない。使えないものを貰ってもな。

「あ、大丈夫。それは問題ない。おれは抜かりない男だ」

「は？」

わたしがこう言い出すことを予測していたのか、冬眞はなんだか得意げな顔をして、わたしにもうひとつ小さな袋を寄越した。ピアスが入っていたものとは違い、そちらは知らない店の紙袋だ。

「それが、今日買いに行ったもうひとつのプレゼント」

「開けて、いいの？」

「もちろん、どうぞ」

頬を緩めたままの冬眞に、絶対的な不信感を抱きながらも、わたしは恐る恐る袋を開けた。開けて閉めた。

「ありえない、絶対やだ！」

「そう言うなって。このピアス、瑚春に似合うんだから」

「絶対やだ！　絶対むり！」

入っていたのは、二個のピアッサーだ。つまり冬眞はこれで耳に穴を開けて、自分があげたピアスを着けろと言っているわけだ。どんな横暴。

「このピアスはポーチとかに付けるから。それでも可愛いからいいでしょ」

「それじゃ駄目だろ。こういうのは身に着けるもんなんだから」

「知るか！　穴開いてないわたしにピアスなんて買って来たあんたが悪い！」

「いい機会だから開けろよ。お洒落の幅広がるぞ」

「あんただって開いてないくせに！　知ったような口利くな！」

「なんでそんなに嫌がるんだよ。怖いのか？」

「う……」

　言葉に詰まった。つまりまあ、そのとおりだ。わたしは怖いんだ、ピアスの穴を開けるのが。高校生のときにクラスメイトが教室で友人にピアッサーで穴を開けてもらっていたことがある。そのときに、失敗したのか知らないけれど大量に耳から出血していて、それを目撃したわたしは軽くトラウマに。

「あれは、恐ろしかった……」

「大丈夫だって。ふつうそんなことにはならないよ」

「あ、あんたに何がわかる！」

「じゃあ、よし、こうしよう」

　冬眞は少し考えるような素振りをして、それから、こう言った。

「おれも開ける」

　は、と呆気《あっけ》にとられるわたしを置いて、冬眞は転がっていた袋からピアッサーをひとつ取り出し、もうひとつをわたしに渡した。え？

「おれも開けるから、ふたりで一個ずつ。それならいいだろ？」

こてん、と、たぶんこれ癖なんだろうけれど、冬眞は首を傾げる。そんな可愛い子ぶったところでわたしは騙《だま》されないぞと思いつつ呆気にとられすぎて言い返せない間に、あれよあれよとピアッサーが厚紙とプラスチックの包装から取り出されていた。

「おれが瑚春の開けるから、瑚春がおれの開けて」

「む……無理だって言ってんだろ！」

「それは、開けるのが？　開けられるのが？」

「両方！」

冬眞が一緒に開けたところで何かが変わるわけもない。ひとりじゃだめだけど、一緒にならいいだなんて、そんなこと、屁理屈にすらならないじゃないか。

「とにかく、嫌だったら嫌なの」

我ながら子どもみたいなことを言う。そしてそのままベッドにのぼって布団に潜り込むんだから、なんとも子どもに誇れない大人だ。

小さい頃は、ハタチを過ぎれば誰もが世界の違う大人に見えた。そして歳さえ取れば、自分も自然にそうなるのだと、淡い期待も込めて思っていた。だけどそんなわけもない。こうして成人式もとっくに過ぎて、社会的には〝大人〟と言われる歳になっても、中身はきっとほんの少しも変わっていない。変わっていないというか、成長していないのか。あのときからずっと。喧嘩を売ったり、無謀なことに挑戦したりしていたあのときから。喧嘩なんて売らないし、無謀なチャレンジもしなくなった今になっても、根本的なところは何ひとつ変わっちゃいないんだ。きみがわたしの頭を撫でて、笑ってくれていたあのときから。

「瑚春」

被っていた布団の上から冬眞の手の感触がした。

狭く閉じられた小さな空間の中で、心臓の音が、ちくちくと鳴っている。

「半分こしよう。ふたりでひとつ」

冬眞が言った。

わたしは、ひやりと冷たい指先を、慰め合うように両手を合わせた。

息を止めて瞼を閉じる。暗闇には何も浮かばず、ただ、自分の鼓動だけが耳の奥で聞こえている。

胸元のペンダントを握り締めた。大切ないつかの贈り物は、わたしたちが半分こした片割れのひとつ。

見失わないための、必ず辿り着くための、目印。

「……」

止めていた息を少しずつ吐き出した。のそりと、布団から顔を出すと、すぐそばに冬眞の顔があった。冬眞は、きっと不機嫌な顔をしているだろうわたしと目を合わせると、わたしとは反対に、顔をくしゃりと歪めて笑った。


「ねえ、冷やしたりとかしなくていいの？　よく言うじゃん、氷当てておくって」

「そんなの耳が腫《は》れて逆にやりにくくなるだけだって」

「でもさあ」

「いいから、おれの言うとおりにやれば大丈夫だから」

いつもは髪に隠れてよく見えなかった冬眞の耳は、あらためて見るととても綺麗な形をしていて、これからそれを傷つけてしまうと考えると随分と気が重かった。だけどそんなわたしを置いて、冬眞はひとりで着々と準備を整えている。消毒液を左耳に付けて、だいたいの位置を確認、後は、開けるだけだ。

「じゃあ瑚春、よろしくね」

「……本当にやるの？」

「当然。やめる理由がない」

髪を耳に掛けた冬眞の横顔がわたしの目の前にやって来る。もうやるしかないのか、とわたしもようやく意を決し、震えそうになる手でピアッサーを掴む。

「変な場所に開けるなよ」

「わかってるよ。動かないで。今場所合わせてるところだから」

思う場所に開けるのは案外難しいと学生のときに聞いたことがある。だけど、やり直しは利かないわけで、つまり、失敗もできないわけで。

「よし、じゃあ、行くよ」

「ああ。目、瞑るなよ」

「……」

「今瞑ってたぞ。大丈夫かよ」

「ま、任せろ」

息を吸って吐き出す。それからもう一度吸って、呼吸を止めた。

集中して、一気に、ピアッサーを持つ手に力を込めた。

——ガシャン、と機械的な音が響いた。

力を抜いて耳からピアッサーを外すと、少し赤くなった耳たぶの真ん中に、ピアッサーに付属していた透明な飾りのピアスが付いていた。力を抜きすぎた手から、役目を終えたピアッサーがことりと落ちた。

「冬眞、大丈夫？」

「大丈夫。思ってたよりも痛くなかったな」

「そう、なんだ」

血も出ていないし、変な付き方もしていない。なんとか上手くできたみたいだ。

「お、すごい綺麗な場所に付いてるな。思ったとおりのところだ。さすが瑚春」

冬眞が置いていた手鏡を手に取って嬉しそうに言う。わたしは、今になって滲んできた手のひらの汗を、ばれないようにカーディガンの裾で拭った。

「じゃあ、次は瑚春の番ね」

「……明日にしようか。もう遅いし。お腹減ったし」

「何言ってんだ。言っておくがこれを済ませなきゃ今日の飯はねえぞ」

「何それ！　条約違反！」

「条約ってなんだよ。いいからほら、耳貸して」

左の耳たぶに、ひやっと冷たい感触がする。消毒の匂いが鼻の奥に突き刺さるみたいだ。

「小さいな、瑚春の耳は」

「開けにくいでしょう」

「薄いから、開けやすいよ」

「そんな馬鹿な」

「観念しろよ、そろそろ」

くすぐったい笑い声が耳のそばで聞こえた。ベッドから引っ張り出した枕をきつく抱き締めて、同じくらいきつく瞼を閉じる。

「動くなよ。動いたら大変なことになるぞ」

「わかってるよ。もう早くして。とっととして」

「はいはい」

呆れたような声の後、耳たぶに、硬いものが触れるのがわかった。途端、どくんと心臓が強く打って、溢れ出す血液がざわざわと全身を逆流していくような気がした。

「も、もう開けた⁉」

「まだだって」

息を吸って、さっき冬眞の耳に穴を開けたときみたいに、呼吸を止めた。

「いくよ、瑚春」

耳元で、声がするのと同時に。

バツンという無慈悲な響きと、感じたことのない痛みがガツンと脳まで突き刺さる。

「いっ……ったあああああい‼」

「はい、お疲れ様。綺麗に開いたよ」

「い、痛いじゃんか馬鹿！　あんまり痛くないとか言って！」

「でもおれはそんなに痛くなかったよ。瑚春の日頃の行いのせいじゃないの？」

「違うわあほ！　嘘吐き！」

じんじんと心臓の動きに合わせて痛みが寄せる。もう付いてしまった消えない印をこの痛みが確かなものにさせているみたいだ。

「ほら、瑚春。鏡見てみろよ」

無理やり鏡を向けられ、その中に映る不機嫌な顔のわたしとふいに目が合った。それがあまりにもひどい顔だったから、視線から逃げるように耳元に目を向ければ、赤くなった小さな耳たぶに冬眞のと同じ透明の飾りが付けられていた。

「……処女膜やぶれたときより痛かった」

「そっか。それはおれ、わかんないけど」

鈍い痛みは続くものの、慣れていくのか少しずつ引いていく。指で触れると、今までそこにはなかった硬い感触がした。違和感でしかないけれど、でも確かにもう痕は刻まれてしまったのだ。

「これって、ある程度は着けっぱなしじゃなきゃいけないんだよね？」

「うん、一ヶ月くらいは」

穴が安定するまでは入浴時も就寝時もピアスを着けていなければいけないらしい。おまけに膿んだりしないように清潔にもしなければいけないようだ。なんとも面倒くさい。

「ってことなんで、瑚春」

「ん？」

「今のうちに、取り替えよう」

「は？」

一体何のことだ、と考える間もなく、今着けたばかりのはずのピアスを取り始める冬眞に、こいつは馬鹿かという思いで脳内が支配された。こいつは、馬鹿だ。

「何やってんのあんた。今言ったところでしょ、一ヶ月取っちゃだめだって」

「うん。でもそしたら一ヶ月、このピアス着けらんないでしょ」

こんこん、と冬眞の指先がテーブルを叩く。そこにあるのは、こいつが買ってきたガーネットのピアス。これを着けるためにわたしの耳には穴が開けられたのだ。

「一ヶ月後でいいんじゃないの、別に」

「嫌だ、そんなの。せっかく開けたんだから、今すぐ着けたい」

駄々を捏ねる冬眞に、う、と言葉を詰まらせていると、冬眞はあっという間に耳からピアスを引っこ抜いてガーネットのそれと入れ替えていた。途中、少し痛みに顔を歪めたように見えたものの、割とすんなり替えられたらしい。

「見て、ほら、瑚春。やっぱりこっちのが綺麗だろ」

鏡を見ながら、嬉しそうにわたしに見せる、そのまだ腫れている左耳には、赤黒く光る石がある。

「じゃ、瑚春も」

「わ、わたしは一ヶ月後でいいよ。楽しみに取っておくから」

「だーめ。今替えなきゃ、夕飯ナシだぞ」

「またそれか！　卑怯者！」

「安心しろ。処女膜やぶれたときよりは痛くないって」

「知らないくせに」

突っぱねて、逃げて、布団に潜って、だけどやっぱり最後には流されてしまうんだ。この性格を直さなければいけないと本気で思ったのは初めてだ。子どもの頃は自分から折れることが少なかった分、今はなんでも簡単に諦めるようになってしまった。それがいつからか、なんてことは、きっと考えるまでもなくわかっているんだろうけれど。


やっぱり、ピアスの取り替えは痛かった。外すときももちろんだけど何より着けるときが最悪だ。こんなろくでもないことするもんじゃない。

「ほら、これで一緒だ、瑚春」

だけど冬眞はいつもわたしの思いなんてことごとく無視するから、今も相変わらずひとりで楽しげに笑ってわたしの左耳に手を伸ばす。

『やっぱり似合うよ』

——ガーネット。

それは、いつか、わたしがハルカと互いに分け合ったものと同じ石だ。離れ離れにならないようにと、離れてしまっても必ず会えるよう目印にしようと、ひとつだったものを分けて、外れないように互いの身に着けた。

きみがくれたもの。交わした約束。

大切だった宝物。いつか失くなってしまった片割れ。

果たされなかった、小さくて、大きな約束。

「……瑚春？」

無意識だった。片方の手で、服ごと胸元のそれを握り締めて、もう片方の手で冬眞の手を掴んでいた。

「どうした。まだ痛い？」

「そうじゃ、ない」

手のひらにさっきまでとは違う嫌な汗が滲んでいた。上手く吐き出せない息をどうにか無理にでも吐き出して呼吸をする。胸元の手に、心臓の動きが直接伝わる。生きている。

『これが結んでくれる。おれとコハルが、どんなときでもきっと、離れ離れにならないように』

そう言って、でも、きみはわたしの前からいなくなった。離れないって言ったのに、それでもきみは。

「大丈夫か、瑚春。なあ」

心配そうな声を出す冬眞を、見ないまま、でも強く手を掴んでいた。そうしないと、まるできみみたいに、今にもわたしの前から冬眞が消えてしまいそうで恐ろしくなったからだ。

そんなわけはないのに。そんなことあるわけないのに。

消えたとしても、こいつは、きみじゃないのに。

「瑚春」

「大丈夫、ごめん。何もない」

そう、こいつはきみじゃない。

きみじゃ、ないんだ。

ハルカがわたしの前から居なくなってしまうなんて一度も考えたことはなかった。

生まれてから、いや、生まれる前からずっときみはわたしのそばに居て、そしてこれから先も一生そばに居るんだと思っていた。いつかお互いがお互いの道を歩んだとしてもいつまでも変わりなくきみはわたしの半分だ。だから離れない。そばに居る。そう思っていた。

きみが居ることがあたりまえだった。きみが居るからわたしが居た。

よく歌で歌われるような、居なくなってからその重さを知るなんて、そんな調子のいいことは思ったことがない。だってきみが隣に居た頃から、わたしにはそれだけがすべてで、きみがわたしの手を引いてくれたからこそわたしは前へ進めていた。だからわたしはお返しに、悲しいときはめいっぱい泣かせてあげたいと思ったし、たくさん本気で怒ってくれればいいと思ったし、世界中の誰よりも笑わせてあげたいと思った。わたしは馬鹿でグズだから、きっと全部が空回りで、ただの自己満足で、ろくにきみのために何かなんてできていなかったんだろう。

だけど、それでもきみはそばに居てくれた。いつだってわたしのことを捜して見つけてくれた。いつまでもひとりで前へ進めない臆病なわたしの手を引いてくれた。だからわたしはきみの背中を追いかけて、どこまでも、前を向いて歩いていくことができたのだ。

ねえハルカ。この手を離さないでよ。

暗くて何も見えないよ。すごく怖いよ、ひとりは嫌だよ。

『やっぱり、ここに居た』

いつもみたいに、そうやって笑って。わたしの手を、ぎゅっと握って。きみの声で、わたしの名前を呼んで欲しいのに。

きみの声が聞こえないんだ。

きみの心臓の音はしているのに。生きている音は聞こえているのに。

なんでなの、ハルカ。

きみの声は聞こえなくて、必死できみを呼び続けるわたしの声は、どこにも、誰にも、響かないの。


声にならない叫びを上げて、飛び起きた。

カーテンのない窓から差し込む月明かりで僅かに室内が浮き上がっていた。しんと静かな空気の中に呼吸の音が大きく響いて、夢を見ていたのだと、ようやく気づいた。

心臓が強く波打っている。部屋の空気は冷たいのに、体中に滲んだ汗で服がべたりと肌に張り付いていた。息を吸っても吸っても吸い足りない。吐き気がするような、頭痛がした。

額に手のひらを滑らせると流れた汗が指先に付いた。それを毛布で拭って、胸元を手で押さえながら目を瞑る。できるだけゆっくりと息を吸って吐き出す。何度も意識しながら繰り返して、だけどいつまで経っても思うように落ち着かない。鼓動は強さを増すばかりで、胸に当てた手のひらが、それを直接感じていた。

……あの日の夢を見たのは久しぶりだった。五年前の、あの日。

きみがわたしの前から居なくなってしまったあの日、何度も何度もきみの名前を叫んで、体中が枯れてしまうくらい涙を流して、それでも誰にも届かなくて、誰も救ってはくれなくて。涙と笑顔と、きみを失ったあの日。

——どっ、どっ、どっ……。

耳の裏側で心臓の鳴る音がする。秒針よりも速く刻むそれを聞きながら、喉の奥に詰まった息を深く吐いた。呼吸をするたびにベッドが軋《きし》む。びっしりと掻いた汗に濡れて、髪が首元に張り付いていた。

ずきんと左耳が痛む。無意識に手を伸ばし、慣れない硬い感触がそこに在ったところで、今日ピアスの穴を開けたことを思い出した。

「大丈夫か、瑚春」

ふいに声が聞こえた。冬眞の声だ。

起こしてしまったのかと案外冷静に思い、顔を上げようとして、だけど、体がどうしても動かなかった。心臓の音が鬱陶しくて邪魔だ。

ギシ、とベッドが鳴って、冬眞の手がわたしに触れた。すぐ近くで自分のと同じシャンプーの匂いがする。

「瑚春」

冬眞がわたしを呼ぶ。ゆっくりと背中を撫でる手のひらの温度がじんわりと濡れた肌を伝って沁み渡る。

閉じた目の奥がチカチカとする。乱れた呼吸は、いつまでも直らない。

――冬眞。と、応えようとして。

だけどくちびるから漏れた声は、違う名前を呼んでいた。

「ハルカ」

――ああ、もう、だめだ。わたしはだめだ。

きみが居ないと、わたしはだめなんだ。

心が壊れてしまいそうになる。いつまで経ってもひとりじゃ前に進めない。

きみが居てくれないと、きみが手を引いてくれないと。

きみが呼んでくれないと、わたしは――

「瑚春」

きつく体を包まれた。全部をくるむ匂いとぬくもりは、まるで世界中からわたしを隠すみたいに全身でわたしを抱き締めていた。

あまりにも突然で、少し驚いて、きつくて苦しくて、だけどどうしようもなく、心地いい。

「好きなだけ泣いて、瑚春」

「……泣いてない」

「泣いてるよ」

「泣いてないってば」

「泣いてる。泣きたいって叫ぶのが、聞こえるんだ」

　わたしの頭のてっぺんに冬眞が頬を寄せる。背中に回った両腕は、けしてわたしを逃がそうとしない。

　腕の中でもそりと顔を動かすと、左の頬が冬眞の胸に押された。まるでひとつのものになったみたいにぎゅっとくっついてお互いの体温を分け合う。鬱陶しかった心臓の音が少しずつ消えていく。代わりに、わたしの胸からじゃない鼓動が、押し付けられた耳に届く。

「心臓の音が、聞こえるよ」

「うん」

「あんた、ユーレイなのに心臓あるんだ」

　瞼を閉じる静かな暗闇の中で、聞こえる鼓動だけに耳を澄ます。それは不思議と心を落ち着かせる甘く懐かしい響きだった。

　とくん、とくんと、ゆっくり命を刻む音。

今を、生きている証。

「ないよ」

背中を撫でた手のひらの温度と、その仕草のひとつひとつが、いつかの優しい記憶を思い出させる。

「ここに、おれの心臓はない」

涙はもう失くした。それでも、いつか流した涙の記憶がわたしの心をくすぐっていく。

「ここに在るのは、もっと、もっと、大切なもの」

きみがくれた涙。きみがくれた笑顔。きみの呼ぶ声。

きみの、生きている証の音。

すべて、わたしのそばにはもう、ないものだ。

第五章

水性の心音

The fifth day

『帰ろ、コハル。
手でも繋いで、のんびりと』

いつの間にか眠っていたらしい。明るくなった部屋で目を覚ますと、泣いた後みたいに頭が重くて眼球の奥がずくずくと痛んだ。風邪ではないと思う。昨夜見た夢のせいで、あまりいい眠り方ができなかったせいだろう。しばらくしたら治まるはずだ、薬を飲むほどでもない。

全身に感じる気だるさを振り払うように体を起こすと、ちょうどキッチンから出てきた冬眞と目が合った。

「おはよう、瑚春」

冬眞は、できた新妻のようにきちんと朝食を用意して、自分よりも遅く起きたわたしに笑顔を向けていた。昨日の夜中になんて何もなかったかのように、まるでいつもどおりだ。

「早くおいで。スープが冷める」

「……ん」

のそりとベッドから降りるわたしに、やっぱり冬眞は何も言わなくて、そういえば昨日の夜もこいつは何も聞かなかったなとコーンスープを飲みながら思った。

なんとなく、顔は合わせづらかった。嫌なところを見せてしまった。冬眞がどう思っていようとわたしはあんなところを──必死で押し隠している、自分にすら見せたくない、自分の弱いところを、こいつには見せたくなかった。だけどそれを見られて、知られてしまった。昨日の夜、冬眞は何も言わずに、わたしが落ち着くまで抱き締めて、じくりと痛むわたしの耳に自分の心音を聴かせていた。冬眞の心臓の音は、わたしのそれとは真逆に穏やかで、聴いていると心地よくて、不思議と心が落ち着いた。それは、ハルカがわたしのそばに居たときと似ていた。絶対的な信頼に、体中を包まれているときの感覚と同じだった。

不思議だった。わたしは冬眞のことをいまだにひとつも信用していないはずなのに、冬眞の〝生きている〟音は、わたしの心に直接響いて、不安をすべて取り除くのだ。ハルカが笑ってくれたり頭を撫でてくれるのと一緒で、否応《いや》なしにわたしの全部を晴れにする。それはとても、不思議な感覚だった。

「今日は仕事だよね」

スープをずずっと無作法に啜っているわたしに冬眞が言う。頷いて、だけど少し考えてから嫌な顔をしたわたしに気づいたのだろう、小さく笑った。

「大丈夫。今日は連れてってなんて言わないから」

「言ったところで連れて行かないけど」

「本当は行きたいけどね」

「絶対連れて行かない」

この間はおどしに屈してしまったけれど、今日のわたしはそう易くはない。というか、毎度毎度付いて来られてたまるか。

「こっそり行くのはアリ？」

「ナシ」

「今日はここで大人しくしてます」

「別に出て行ってくれても構わないよ」

「何言ってんの。おれが居ないと寂しくて泣いちゃうくせに」

「代わりに可愛い子猫でも飼うから大丈夫。心配ない」

「子猫よりおれのが可愛くない？」

「可愛くない」

「ちくしょう、だめか」

空になったふたり分の食器を重ねていく冬眞の仕草を眺めながら、片付いていくテーブルに頬杖を突いた。「行儀悪いぞ」という声は聞こえていない振りをして、ぼうっと、どこでもないどこかを見ていた。

……昨日見たばかりの夢がまだ頭の奥に張り付いている。いや、あのときのことが一度たりとも心を離れたことなどないのだけれど。それでもあまりにも生々しく、音も、匂いも、痛みまでもが鮮明に、この場に留まっているものだから、体の真ん中にある心臓が耐えきれなくて悲鳴を上げている。あんな思いは二度としたくない。けして失くしたくはないけれど、それでも、苦しくてたまらないから、わたしはもう一度その思いを深くに沈めて隠す。二度と、浮き上がっては来ないように。大切に体の奥にしまう。

遮光カーテンのない窓は、すでに数時間前から部屋の中に太陽の光を招いている。丘の端に建つここからは、眼下に広がる街の景色と、それを囲む低い山が見渡せた。山の裾野のほうで、このあたりを走るローカル電車が行くのが見える。もうすっかり朝は始まり、今日は昨日になり明日が今日になっている。誰もが待ちわびる明日は、夜が明ければこれほど容易くやって来る。何もしないでいても、立ち止まったままでも、世界は今日も止まらずどこまでも知らない場所へ進んで行く。

「瑚春、ちゃんと着替えてるか？」

バスルームから声がした。ガタガタと音も聞こえるから、どうやら溜まった洗濯物をまとめて洗っているらしい。

「のんびりしてると遅刻しちゃうぞ」

「今、着替えるとこ」

たぶん聞こえていないけど、ぼそりと口の中で呟いて、すっかり見慣れた景色の前に立った。大きく伸びをして、その勢いのままパジャマ代わりのスウェットを脱ぎ捨てる。分厚い上着の下には着古したキャミソール、その上で、ころんと赤い石が跳ねた。冬場はいつも服の下に隠れているそれを、無意識に指で撫でると、ごつごつと硬く不細工な感触がした。

いまだに、とてもじゃないけれどお洒落だなんて思えないものだ。おまけに十年以上もこの肌から離したことのないせいで、色褪せない素材でできているはずのチェーンも、新品の頃のような光沢を失くしていた。だけどそれでもこれは今、わたしの手に在るものの中で、唯一の、大切なものだった。

「……」

小さく吐いた息は冬の冷たい空気に混ざる。それを露出した肌に直接感じながら、クローゼットの中の冬服を漁った。

「瑚春、パジャマ洗うから、持って来て」

洗濯機のある脱衣場への扉が開いて、冬眞が顔を出した。服を探していた手を止めたわたしは、キャミソール一枚という下着姿でそいつを見上げる。

「あんたさ、女性が着替え中だよ？　ちょっとは気ぃ使おうよ」

「そう思うんならそっちだって、隠すなりなんなり恥らおうよ」

ため息を吐きたいのはこっちなのに、冬眞がわたしよりも先に呆れたような息を吐いた。だけど、ふいに、冬眞の視線がある一ヶ所で止まったかと思えば、黒目勝ちの瞳が大きく見開かれ、その視線の先がわたしのそれなりにはだけた胸元に向いていたから、わたしは今度こそ盛大なため息を吐き出した。

「あのねえ冬眞、わたしだって怒るときは怒るんだから」

「それ、なんで」

言葉を遮ったのは少し掠れた冬眞の声だ。怪訝《けげん》に思い見上げると、冬眞は表情を固めたまま、ゆっくりと、右手で自分の胸元に触れた。

「その、ペンダント」

わたしの胸元には、いつもは服の下に隠れている、昔ハルカと分け合ったガーネットのペンダントが下がっている。そして、冬眞のパーカーの襟元から、誘われるように外に出てきたチェーンの先にも、同じものが付いていた。

不格好に歪な赤黒い石。

息を、するのを忘れ、ただそれだけを見ていた。

「……なんで、あんたが」

声はみっともないほどに震えていた。でもそんなのはどうでもよかった。

――なんで、それをあんたが持っている？

見間違うはずもない。だってそれはこの世にふたつとない、わたしが持っていることの石と対になる片割れだ。わたしのもうひとつの宝物で、きみの大事な宝物。

ハルカのペンダント。

わたしのそれと同じように、ずっとハルカの首から離れず下がっていたガーネットは、だけどそれが初めてハルカの元を離れたあの日から、どこへ行ったのかわからなくなっていた。何かから逃げるように家を出て、それから一度もあの町には戻っていないわたしが、あの日、きっとハルカの首から離れてしまったのであろうペンダントの行方なんて、当然知るはずもない。それはわたしたちの宝物だったから、いつかこの手に戻って来ればと考えてはいたけれど、今はまだ、あの町に行ける気もしなくて、どこに在るのだろうとときどき思いはしても探すつもりもきっとなかった。頭のどこかでは、恐らく両親が保管しているのだろうと思っていたのだ。

なのに、なんで、あんたが――

「……瑚春」

掠れた声で冬眞が呼んだ。それはいつもと違う響きだった。笑ってわたしを呼ぶ声とは違う、何かで覆ったような、音。

「冬眞」

向かい合った目の奥が少しだけ揺れた気がした。冬眞は、見たことのない、わたしの知らない表情をしていた。

「なんでそれを、あんたが持ってるの」

「それは……」

「それは、ハルカのペンダントだよ。間違いない」

「……春霞の」

苦しそうに声を吐き出した冬眞は、眉を歪め、逃げるかのように僅かに視線を下げた。その仕草はあまりにもわたしの知っている冬眞らしくはなく、動揺しつつも何かを隠しているのだろうことは、なんとなく察しがついた。

冬眞はわたしと目を合わせないまま、ぎゅっと自分の胸元にあるペンダントを握っていた。

「まあ、もう、いいや」

短い沈黙の後、わたしの口から出た言葉に、冬眞の視線がつと動く。わたしは顔にかかった髪を払いながら、またさっきまでのようにクローゼットに向き合った。

「でも、瑚春」

「いいよ、ごめん。やっぱり興味ない」

奥からTシャツとカーデを取り出してすっかり冷えた肌に被せた。冬眞は何か言いたげにその場に立っていたけれど、そのうちわたしのスウェットを持って、バスルームに戻った。

興味がないのは本当だった。冬眞がどこでペンダントを手に入れたのか聞いたところで意味はないのだ。持ち主がいるならそれでいい、無理して取り戻したいわけじゃない。

だって、結局それで何がどうなる?

何かが変わるわけでもない。ペンダントをこの手に取り戻しても、本当に欲しいものが戻って来るわけではないのだから。わたしがいつだって取り戻したいのは、そんなただの物じゃない。

ペンダントがあったところで、ハルカは二度と、戻っては来ない。

真冬の空気は痛いくらいに肌に染み込む。触れただけで赤くなるし、吐いた息を白く濁らす。

たくさんの人で溢れる大通りを足元だけを見て進んで行く。いつもの癖だ。そうしないと、自分がどこへ向かっているのか、ちゃんと進んでいるのか、ときどきわからなくなる。

賑わう大通りを抜けると、ローカル電車の停まる小さな駅があり、そこを抜ければ新興住宅地と並ぶようにわたしの勤める店のある商店街が見えてくる。アーチ型の看板をくぐると、最初にあるのは脱サラしたご主人が経営している喫茶店だ。店の前にはいつも奥さん自慢の鉢植えが並び、仕事の行き帰りにそれを眺めるのがわたしの日々の決まり事だった。

今日も、同じように見ていたら、おとといまではなかったプランターがひとつ増えていることに気づいた。

——ビオラだ。

色とりどりの小さな花が、白い新品のプランターに咲いていた。小さな風にすら茎ごとふよふよ揺れる姿はどうにも頼りなさげだけれど、折れることはなく揺れながらも必ず空を向いている。

ビオラは、パンジーを改良した、パンジーにそっくりだけれどそれよりも小振りな花だ。小さくて可愛らしいところが子どもの頃のわたしがこの花を気に入っていた理由だった。

「……」

止まりかけていた足を、なるべく早く前へ進めた。視界の隅で、鮮やかな花びらがいくつも、ゆらゆらと泳いでいるのが見えた。

店に着いた途端、なんだかおかしいことに気づいた。それは毎年一度は必ずやって来る異変だ。

「店長、おはようございます」

「おう、瑚春、おはよう」

いつもは出勤したらすぐに開けるブラインドを閉めたままで声を掛けると、店内の整理をしていたらしい髭面の店長が平台の向こうからひょこりと顔を出した。汚い作業エプロン姿は接客時のスタイルとはまったく違う。いくつかの平台の上が片付いて、そこに陳列されていたはずの商品がなくなっているのを見る限り、店を開ける気配はなく、どうやら今日は定休日であるらしい。もちろんわたしはそんなことはひと言も聞いていない。

「店長、もしかして、またいつもの旅行ですか」

「旅行じゃねえよ。お仕事だっつってんだろ」

「どうでもいいですけど、いつももっと早く言ってって言ってるじゃないですか」

「人生にサプライズは必要だろ?」

「すっごいありがた迷惑なんですけど」

「まあそう言うな」

と言われて素直に文句を終わらせたのは、もうこのやりとりをするのも五度目だからだ。毎年必ず一回はある、店長の突然の〝買い付け〟という名の海外旅行。前もって言ってくれればいいのだけれど、毎度毎度こうして突然店を片付け始めて突然一ヶ月近く居なくなるもんだから、こちらとしては迷惑この上なくて大変困る。だけど言ったって聞かないし、屁理屈にすらならない言い訳を並べ立てられるだけだから、もうわたしが諦めて合わせるしかないわけだ。

「で、今回はどこに行くんですか？」

「予定では、スイスとオーストリア」

「いいのたくさん仕入れて来てくださいね」

「任せとけって。お土産買って来てやるからな」

「別にいらないです」

「つれねえなあ。あ、そうだ、どうせだったら一緒に行くか？」

「遠慮します。パスポート持ってないし」

「つれねえなあ」

　帰って来たら店内の商品を新たに仕入れた物と入れ替えるため、今のうちに店頭の品をある程度片付けておく必要があった。店に出さない商品は種類やブランドごとに分けてしまい、今後はひっそりとやっているネットショップのほうで売るのがいつもの流れだ。店長がヨーロッパに直接買い付けに行って選んでくるのは意外にも趣味のいいものばかりだったから、多くの人に見てもらえるネットでの通販は存外繁盛していて、出品したものは毎回あっという間に売れてしまう。店長が居ない間は店は開けないから、その間のわたしの仕事は専らネットショップの運営だった。

「今回も、おれが帰って来るまでに全部売っとけよ」

「無茶言わないでください。結構準備とか梱包とか、ひとりでやるの大変なんですからね」

「瑚春ならできるさ」

「店長がわたしの何を知ってるんですか」

むすっとしつつ商品整理の手伝いを始めるわたしの横で、店長は何がそんなに楽しいのかやけににこにことしている。わたしがこんな顔をしているのにそれとは正反対の表情だ。そういえば、わたしの近くに居る人は大抵みんな同じな気がする。冬眞も、ハルカも、わたしが勝手に機嫌を悪くしているときだってひとつも怒らず笑っていたし、そう、わたしが泣いたり怒ったりしているときはいつだってわたしと違う表情をしていて、わたしが笑うと、そのときは一緒の顔をしていた。

どうしてみんな笑うんだろう。なんでそんなふうに、誰かのために笑っていられるのかな。

「そうだ瑚春」

弾んだ店長の声に顔を上げる。

「なんですか？」

「冬眞に手伝ってもらえばいいよ。そしたら仕事、はかどるだろ？」

「冬眞、ですか」

「ああ。暇なんだろ、あいつ」

給料はちゃんと出すから、と。本人に聞いてもいないのにすでに店長はそのつもりらしく、これなら安心だなあとかなんとか独り言を言っている。たぶん、今思い付く前からそう考えていたんだろう。いつも海外に行く間、わたしがひとりになってしまうことに対して妙に心配する人だから。だけど。

「だめですよ、あいつは」

「だめって？」

「冬眞はいつ居なくなるかわからないじゃないですか。そもそも、何もかもよくわかんない奴なのに、信用したらだめですよ」

そう、冬眞が一体誰なのかをわたしは知らない。今まで何をしていたのか、なぜここに居るのかも、聞かないでいたし、冬眞からも話さなかったからそのまま今日まで来てしまった。

冬眞は、たまたま出会って一緒に居るけれど、きっと出会ったときと同じように突然居なくなってしまうのだと思っている。それを止めるつもりはない。わたしがそうであるように、冬眞には冬眞の世界があり、勝手に生きる権利もある。だから居なくなるのなら好きにそうしてくれて構わないと思っている。わたしたちは、きっと何の繋がりもない、運命でも偶然でもないふとした弾みの巡り合わせで出会っただけの関係なのだから。

――ころん、と、棚から何かが落ちてきた。拾い上げると、それは小さな石の付いた華奢《きゃしゃ》なデザインのネックレスだった。丸く磨かれたその石は、わたしの持っているものとは似ても似つかないほどに綺麗だけれど、不細工な原石を磨いた結果の、ガーネットという名の同じ石だ。血のように赤く透明な、わたしの生まれた月の石。

……あれは、なんだったのだろうと。興味のないつもりでいても、やっぱり頭をよぎってしまう。

冬眞の胸元にあったペンダントは、いつかハルカの首に在ったはずのわたしのペンダントの片割れだった。似ているだけの違うものだろうかと思おうとしても、そうではないことはわかっている。間違えるはずもない。色も形も細かいところまで、すべてが今もこの頭の中に残っているのだ。ハルカが大切にしていた絆の証であった宝物を、このわたしが他のものと間違えることなんて絶対にない。

でも、だったらやっぱりなんで、冬眞があれを持っていたのだろう。

わたしは両親が持っているものだと思っていた。ハルカがペンダントを外すとは思えないから、ハルカがあの日に身に着けていたはずのペンダントは両親の手に渡っているはずで、だとしたらそれを受け取った彼らが手放さない限り両親の元にあるに違いないのだ。そしてわたしは、彼らがけしてハルカの持ち物を手放すはずがないと思っていた。

だけど、それを、冬眞が持っていた。

つまり両親はハルカの宝物を――宝物といっても、わたしとハルカ以外にはけして価値などないようなものを――手放していたのだ。この五年の間に。どういう理由で？わからない。

ただ、もしも、あのペンダントが巡り巡って冬眞の元へ渡ったのではなく、わたしの両親から、直接渡されたのだとしたら。

……もしかして、冬眞は――わたしを知っていた？

わたしは冬眞のことを知らず、冬眞もわたしのことを知らない。そう思っていた。そのはずだった。

だけど、そうじゃなかった？

知らなかったのは、わたしだけだった？

知らない振りをして、たまたま出会ったような顔をして、冬眞は、出会う前からわたしのことを。

「あ、そういやさあ」

ふと店長の手がわたしに伸びて、左の耳元の髪を搔き上げた。ぼうっとしていたわたしは避けることもできずに驚いて、だけど店長はそんなわたしを放ってくしゃりと笑う。

「本当に開けたんだな、おまえ」

一瞬考えて、ああ、と思った。昨日冬眞に無理やり開けられたピアスのことだ。

「ガーネット、冬眞もこれが誕生石なんだってな」

「そんなことより店長、わたしの誕生日、無断で教えないでくださいよ」

「いいだろうがそれくらい」

店長は今度は右側に手を伸ばしたけれど、髪を掻き上げると、不思議そうに首を傾げた。

「あれ、こっちは開いてねえの？」

「もうひとつは、冬眞が着けてます」

「え、なんで？」

「一緒に開けたんです。わたしが開けたくないって言ったら、じゃあおれも開けるからって言って」

自分勝手な冬眞の言い分に流されてしまった昨日のことを思い出すと、無意識に苦い顔になってしまう。

「なんだかんだで仲良しじゃねえか、おまえら」

「そんなんじゃないですよ」

「素直じゃねえのは直らねえな。おまえにとって冬眞は、他とは違うように見えるけど」

「なんですかそれ。意味わかんないです」

「まあ、とにかくこれで、おれは安心して旅立てるってわけだな」

その間は任せたぞ、と店長がぽんぽんと頭を叩く。

「心配ねえな。ひとりじゃねえから」

ひとりでだって心配ない。いつもそうしてきたんだから。

「仲良くやれよ。喧嘩すんなよ」

するわけないよ、ひとりでやるから。なんで冬眞も一緒って勝手に決め付けているんだろう。

わたしは、ひとりでだって何でもできる。何もできなかった小さい頃とは違うんだ。だってひとりになってしまったから。もう二度と、そばに居てくれる人にそばに居てはもらえないから。

ひとりでやるしかないじゃないか。ひとりで生きるしかないじゃない。

こんな世界で、誰も手を引いてはくれないから、わたしはひとりで歩いていくしかない。

「瑚春」

くしゃりと店長の手が髪を撫でた。そのままわしゃわしゃと犬でも撫でるみたいに捏ね回されるから、わたしは為す術なくじっと自分のつま先と床板を見つめていた。

「なあ瑚春」

店長の手が離れる。わたしは目を合わせないまま、顔は上げないまま。下を向いたわたしに、頭の向こうから声が降る。

「おまえはいつも下を向いてんな」

いつからだろう、足元ばかり見て歩くようになったのは。

決まっている。ハルカが居なくなって、わたしの世界が止まったあのときから。そうじゃなきゃ、自分がどこへ向かっているのかわからなくなる。ちゃんと見ていなきゃ……うぅん、ちゃんと見ていてもわからない。わたしが今どこに居るのか、きみが居ないと、わからなくなる。

「でも、それは別に悪いことじゃねぇよ」

ふいに視界に店長の手が入ってきた。伸ばされた人差し指が、ついと床に向けられる。

「上を向いて歩こうってみんな言うけど、上ばっかり見てちゃ危ないもんな。ちゃんと自分の歩く道を見て進む瑚春は、慎重で確実で、誰よりも賢い子だ」

もう一度わたしの頭に手がのった。硬い指先なのに、柔らかいなあって的外れなことを思った。

「ただ下ばかり見てるのも危ねえから気をつけろよ。いいもん見逃しちまうかもしれねえから」

「いいものって？」

「顔を上げねえと見られねえもんだろ。綺麗な虹とかお星様とか、かっこいい鳥とか、向こうから手ェ振ってくれてる人のこととか」

「……」

「上ばかり見てたら躓《つまず》くし、地面しか見てなかったら今居る景色もわかんねえから。バランスが必要だよ。上向いて下向いて、注意しながら、そうやって歩いて行くんだろ」

顔を上げると店長が笑っていた。わたしはもちろん笑わないけれど、それでも店長は勝手にひとりで楽しそうで、あほくさくて。わたしはまた俯いて、なんとなく、エプロンの裾を、ぎゅっと握り締めた。

もう明日には、店長は飛行機に乗って遠い異国に旅立ってしまうらしい。なんと急で勝手なことだろうと毎度のことながら思うけれど、店長が不在の間はある程度自分のペースで仕事ができるから、明日からは出勤時間に多少ゆとりができると思うと、のんびり寝たがりのわたしには助かる部分もあった。ただ、ひとりの時間が増えると少し不安にもなる。店長はきっとそのことに気づいているから冬眞も一緒に居させたがったのだろう。ひとりだと、怖くなるのだ。進んでいる時間に、きちんと自分も付いていけているのか。置いていかれていないだろうかって。

いつもの坂道をひとりでゆっくりとのぼっていく。耳が痛くなるほどに静かな道。凍て付く寒さが肌に直接突き刺さって、なんだか逆に熱く感じる。澄んだ空気だ。星がよく見えて天気がいいけれど、そろそろ雪でも降り出しそうな気配がする。

一歩、一歩、ゆっくりと、坂をのぼる。履き古したエンジニアブーツは音も立てずに地面を踏んで、少しずつ、わたしをどこかへ運んで行く。

一歩、一歩。進んで行く。

どこかへ向かって、ひとりで。今わたしが帰る場所へ。

——そんな場所、もうないのに。

静かな道、真っ暗闇、誰も居ない場所、冷たい風。空っぽの手は冷えていて指先は寒さすら感じない。吐き出した息は白く濁る。わたしはひとり、どこかへ向かって歩いている。

——向かう場所なんてわからないまま。

追いかける背中を見つけられないまま、一本道を進んでいる。

電車の警笛の鳴る音がした。静かだった道をうるさいエンジン音を上げながら一台のバイクが通り過ぎて行った。息を吸って、深く吐き出す。白く濁る空気に、わたしはちゃんと呼吸をしているんだと気づく。ああ、わたしは生きているんだ。ここに居るんだ。どこでもない場所に行こうとして、どこに行けばいいかわからなくて。でも、今、ここに居る。

「……」

いつの間にか立ち止まっていたから、また一歩、踏み出そうとした。踏み出そうとして、だけど足が、進まなかった。

「ねえ」

道の途中で、どこでもない場所で。立ち止まったまま、どうしても、動けなかった。

「ハルカ」

寒いな、もう一月か。

そういえば今日は何日だっけ。覚えてないよ。最近はいちいち日付なんて考えない。

ねえ、ハルカ、今日は、何日だっけ。

ねえハルカ。

明日は、明後日は、何の日だったっけ。

「瑚春」

わたしを呼ぶ声がした。顔を上げると、坂道の一番上から冬眞がわたしを見下ろしていた。

「冬眞、何してんの」

「いやそれこっちのセリフでしょ。そんなところに突っ立って何してんの。怪しすぎ。おまわりさん呼ばれるよ」

「あんたに言われたくない」

口の中だけで呟いて、上げた視線をつま先に戻した。まだ突っ立ったままで、足は棒のように動かなくて。そういえば小さい頃もこんなことがあったなと思い出す。近所のガキ大将に喧嘩を挑んで、負けて池にぶん投げられたときのことだ。負けたのが悔しくて、だけど絶対に泣きたくなくて、何もできないまま池のど真ん中にひとりで突っ立っていた。あのときは、確か、そのうちハルカが迎えに来てくれた。

「瑚春」

呼んだのは冬眞の声だった。狭い視界に、わたしのつま先と、冬眞の靴のつま先も見える。

「帰るぞ」

ちょっと温かい冬眞の手が、すっかり冷えたわたしの手を掴んだ。

一歩一歩、また足が進んで行く。どこかへ向かっている。目の前にはきみじゃない他の誰かの背中がある。きみじゃないのに、その後ろを、わたしは目印みたいにして歩いている。似ていない背中だ。きみはもう少し撫で肩で、髪の色も淡くて、よく空を見上げるために顔を上へ向けて歩いていた。全然似ていないのに、何ひとつ同じじゃないのに、どうしてか冬眞と居るとそこにきみを重ねてしまう。そうして見つけるのは結局違うところばかりなのに、それでもあの頃の空気を思い出す。絶対的に信頼する人が隣に居たときの、安心する温度を。

坂の上のロータリーを抜けるとすぐにアパートが見えてくる。門を抜けて、植木を通り過ぎて、二階へ続く階段をのぼって、そして一番奥のわたしの部屋、そのドアの前に着いたところで、冬眞の足が止まった。

家に帰るにはドアを開けて中に入るだけなのに、冬眞はまだわたしの手を掴んだまま、背中を向けて、立っている。ＬＥＤに換えたばかりの電球がわたしたちを照らしていた。冬眞の髪は光に当たっても真っ黒で、だけど自然な色だから、たぶん地でその色なんだろう。色素の薄いわたしの色とは随分違う。わたしがよく見ていた誰かの色とも、全然違う。

「なあ瑚春」

冬眞がわたしを振り返った。電球を背にした表情は暗くてよく見えないけれど、その瞳だけは確かに、わたしを見ていた。

「覚えてる？　おれは、瑚春に涙と笑顔を返すために、ここに居るって言ったよな」

冬眞の手が、わたしの手を握り直した。ぎゅっと、まるでどこにも逃げてしまうことのないように。

覚えている。だけどその言葉の意味はわからなかった。そんなものはあんたに返してもらうようなものじゃないし、あんたに返せるものでもない。わたしの涙も笑顔も、あの日に、すべてハルカが持って行ってしまったのだから。

「おれはね、おれがあんたに会う意味が本当にあるのかどうか、実は不安だったんだ。これは本当に〝本意〟なのかって。でも今は確信してる。おれがこの街に来た理由」

眉を寄せた。心臓が少しざわつく。会う意味。不安。本意？

ちょっと待って。冬眞は何を言っている？

何を、言おうとしている？

「瑚春、あんたはいつまで顔を背けて、通り過ぎて来た遠くの道ばかり思い続けるつもりなんだよ。歩けてないつもりでいたって進んでるんだ。あんたが見てるのはあんたが今居る場所じゃない」

月の光でも入ったんだろうか、少し顔を上げたせいだろうか。その一瞬、見えにくかった表情がやけに鮮明に浮き上がった。わたしは自分よりも高い場所の瞳を見上げた。なぜだかとても、悲しそうに見えた。

「瑚春。いい加減恐がらないで、自分が居るこの場所をきちんと見るんだ」

その瞬間、冬眞の手を振りほどいて乱暴にドアを開けて中に入っていた。

嫌な予感がした。ずくずくと頭に響く鼓動を振り払うように首を振って、電気すら点けずに部屋の奥に走る。

カーテンのない部屋の中には、月明かりが薄く滲む。

自分の荒い呼吸の音が耳に届く。それだけが、部屋の空気を震わせている。

「……」

両親が、来ているのかと、思った。

ないことはない。彼らはわたしの居場所を知っている。そして、もしも冬眞がわたしの両親を知っていたとしたら、なおさらだ。

――パチン、と音がするのと同時に部屋に灯りが点いた。部屋へ入ってくる冬眞には振り向かないまま、眩しさに少し目を細めて物の少ない部屋の中を一度だけ見渡した。何も変わったことなんてないいつもと同じ空間に、ひとつ無意識に息を吐いた。

繰り返す嫌な鼓動を落ち着かせるように胸に手を当てて、だけど、ふと、テーブルの上に置かれていた紙袋に目が行った。しばらくはそれが何か考えられるほどに頭は回らなかった。ただぼうっと、意識しないまま、見知らないであろうそれを見つめていた。だけど、その袋の中身に気づいた途端、治まりかけていた心臓の音が頭の中に強く響く。

大きくはない紙袋の口から覗く、封の閉じられたままの封筒。

貼られた切手に、いつかの消印。

宛名に書かれた、わたしの名前。

「大家さん、全部保管してくれてたよ」

冬眞はコートを脱ぎながらわたしの横を通り過ぎ、紙袋を掴んでテーブルの上で逆さにした。中身が口から雪崩のように落ちてきた。狭いテーブルに放射状に散らばった、何種類もの四角い封筒。

両親がわたしに宛てた手紙だ。

「気になってたから、大家さんに聞いて貰って来たんだ。ご両親からの手紙、ひとつも読んでないんだろ。何が書いてあるかも見ないままなんておかしいよ。ちゃんと読めよ、瑚春に宛てた手紙なんだろ」

冬眞は、散らばった中からひとつを手に取りそれをわたしに差し出した。いつのものかはわからないけど、色褪せたペンの文字は最近のものにはとても見えない。いつからか、ときどき届くようになった両親からの手紙。

「いらない」

「そんなはずない。本当にいらないなら自分で捨ててたはずだろ。わざわざ大家さんに頼んでたのは、捨てる勇気がなかったからなんじゃないのかよ」

まさか、それこそそんなはずがない。頼んでいたのは見たくもなかったからだ。あの日のことを許せないでいる限り、もう家族になんて戻れない。わたしは二度と、生まれたあの町には戻らない。

「瑚春、ちゃんと読むんだ」

差し出された手紙。見覚えのある懐かしい文字。

褪せた封筒。古い消印。

頭の奥で巡る、ここことは違う、故郷の風景。いつかの、思い出。

「瑚春」

「……うるさいっ！」

考えるより先に体が動いていた。弾かれた封筒が何枚も床に落ちていくのが見えていた。

「いらないって言ってるでしょう！　余計なことしないでよ」

吐き気がする。息が苦しい。なんでこんなに頭が痛いの。手も痛い。喉の奥も痛い。

だけど、別のところが、それよりもずっと痛い。

「こんなもの全部いらないんだよっ！　消えろ、消えろ!!」

テーブルの上のものを全部乱暴に払い落として、散らばったものも何度も何度もぐしゃぐしゃに丸めた。

見えないくらい小さくなればいい。消えてなくなればいい。

こんなものいらない。

見たくもない。必要ない。

「……瑚春」

冬眞の呟きが聞こえた。それが合図みたいだった。ゆっくりと手を止めて、溜まった唾をのみ込んで、深く呼吸を繰り返す。

痛いくらいに静かだった。自分の生きている音が、邪魔なくらいの静けさだ。

「冬眞はさ、わたしのこと、知ってたの？」

背中を向けている冬眞から音は何ひとつ伝わって来ない。表情が見えないせいで感情も何もわたしには伝わって来なかった。

「ねえ、知ってたんでしょ、わたしのこと。両親に頼まれたの？　そうなんだよね、だからわたしのところに来たんでしょ」

偶然なんかでも、もちろん運命なんかでもなかった。すべてがわたしの知らないところで作り出されたものだったのだ。結局冬眞がどこの誰かなんてことは知りもしないけれど、きっと様子を見て来てくれとでも両親に頼まれて来たんだろう。馬鹿馬鹿しい、くだらない。そんなこと、冗談じゃない。

お願いだから関わらないで。わたしに姿を見せないで。ひとりになったわたしをひとりにして。

誰もそばに居ないで。

「違うよ瑚春。そうじゃないんだ、聞いて」

冬眞の手がわたしに触れる。

「おれは瑚春のことを知らなかった。本当だよ。何も知らなかったんだ。瑚春のことも、瑚春のご両親のことも、それから」

わたしに触れているのと反対の手を、冬眞は自分の胸元に寄せた。

「このペンダントの、本当の持ち主のことも」

真っ赤なガーネットのペンダント。

ハルカのペンダント。

わたしのペンダントと繋がる、この世でただひとつの半身。

「知らなかったんだ。本当に。おれは何も知らなかったんだよ」

「……嘘だよ」

「本当なんだ。信じて、瑚春」

ぎゅっと、冬眞の手がわたしの手を掴んだ。体温は熱いのに、指先は少し震えていた。

「だったら」

冬眞の言うことが嘘か本当か確かめる術は今はない。わたしがこいつの言うことを信じるかどうかだ。冬眞の目はあまりに必死で、だから口では嘘だと言っても、本当は冬眞が嘘を吐いているとは思えなかった。でも、だとしたら……冬眞のことを信じるとしたら。

「だったらなんで、あんたはここに居るの」

たったひとりで止まった場所を歩いていた、わたしの前に現れたの。ハルカのペンダントを持って、わたしの前に現れたの。

なんでハルカと同じようなことを言うの。なんでわたしに笑ってみせるの。

なんで冬眞は、わたしの隣に、居るの。

「いらないいんだよ、わたしは何も。もういらないの。ハルカが居ないなら、誰も居なくていい」

「瑚春」

「いらない、どいて。どこかに行って。もう、ここに居ないで」

「瑚春、聞いて」

「うるさい！　あんたなんか居なくていい！　消えて。わたしの隣には、誰もいらない！」

ハルカしかいらない。

ハルカが居ないのなら誰もいらない。

何十億の人の中で、だけどきみが居ないのならわたしはいつだってたったひとり、どこにも行けないままで、子どもの姿のまま泣いている。

いつまでもいつまでもきみの名前だけを呼んでいる。きみに聞こえるように何度でも。

だから、いつもみたいにわたしを見つけて。泣いているわたしの手を握って笑ってみせて。

わたしはここに居るよ。はやく来て、名前を呼んで。

ねえ、なんで、なんで。

なんでわたしを、見つけてくれないの。

ねえ――

「……ハルカ」

掠れた声で呼んだ名前は、どこにも響く前に冷たい空気に溶けた。だけど一度零れてしまうともうだめだ。奥から次々と溢れ出てくるものを、止めることはもうできなかった。

「ハルカ、ハルカ……ハルカ、ハルカ、ハルカ！」

ハルカ、聞こえているんでしょ。こんなに呼んでいるんだから。いじわるしてないで早くここに来て。じゃないと、わたしもう、きみの居ないこの場所で、どこに行けばいいのかわからないんだよ。

「瑚春……コハル！」

背中を包んだ腕は、そのまままきつくわたしの体を抱き締めた。骨が軋みそうなくらいに痛く、強く、まるでひとつになろうとしてるみたいに締め付ける。

「コハル」

涙なんてやっぱり出ない。

泣くことを、許してくれない。

「ハルカ」

わたしがわたしに泣くことを許さない。

だってそれはきみに全部返した涙だ。きみからわたしが奪っていた、もうわたしが流すことができない涙。

「ハルカ」

ねえ、本当に、全部、返すから。

きみがわたしにくれたもの、全部全部返すから。

だから、お願いだよ。

「ハルカぁ！」

帰って来て、わたしの隣に。

ずっとずっとそばに居て。

きみの隣に居させて。

もう一度、わたしの名前を、呼んで。

ねえ――

「なんで、死んだの。ハルカ」

わたしをこんな場所に残したまま、どうしてきみは、死んでしまったの。

ねえ、ハルカ――

◇ 追憶Ⅱ

わたしたちは、ふたりでひとつ。どんなときでもそばに居た。

いつも手を繋いで、どこに居たって一緒で、それぞれ違う思い出を作ったら、分け合うみたいに教え合った。

わたしの世界にきみは居た。きみの世界にわたしは居た。

いつだってそばに居た。そのために一緒に生まれた。

ずっと、どこまでも、寄り添い合って生きるために、わたしたちは生まれる前からそばに居た。

きっと前世はただひとりの人間だったんだろう。寂しかったのかもしれない。誰もそばに居なかったのかもしれない。

だから今度は別々の人間に生まれた。性別すら違うまったく別の人間。だけど、同じ生き物。

離れることのないように、寂しくなんてならないように、ミジンコみたいに小さなときから、春霞はわたしの隣に居た。


中学を出てから、高校はわたしも春霞も地元の公立高校に入学した。

学科は違うけれど同じ学校だ。家から自転車で十分ほどの距離に在る学校で、志望の理由はまさに〝家から一番近いから〟の一点のみだった。

ふつうの勉強が大嫌いだからと服飾科に進み、日々のんびりだらだらとミシンばかりを踏んで過ごしたわたしと違い、普通科に進んだ春霞は、三年間熱心に部活に励んでいた。春霞が所属していたのはバスケ部と天文部だ。本当は天文部だけをやりたかったらしいけれど、わたしと同じく運動が得意だった春霞は入学早々バスケ部主将にストーカーまがいの勧誘を受け、兼部することを条件にバスケ部に入った。

「困ったもんだよね」

春霞はよくそう言っていたけれど、本当に困っているように言ったことは一度もない。誰かに頼まれたら絶対に断らない奴だし、なんやかんやで上手くやってのけてしまう器用で頭のいい奴だったのだ。

そしてそういう奴は大概とても異性にモテる。春霞は、わたしが姉としてそれはそれは自慢できるほどに人気者で、いつだって可愛い女の子たちに囲まれていた。彼女のひとりやふたりや三人も、いつの間にか作っていたっけ。だけどあんまり女を見る目はないようで、大抵「なぜこいつを」という女と付き合っていた記憶がある。

「ハルカ、なんであんな女と付き合ってんの」

何人分のそのセリフをわたしは吐いたことだろう。そのたびに春霞はこう言い返す。

「コハルに言われたくないよ」

そう、わたしも大抵ろくでもない男と付き合っていたのだ。性格はまったく似ていないのに、こういうところだけ姉弟っぽかったりした。

ろくでなしでも、付き合っている間はその男がろくでなしだなんてことは欠片も思っていないわけで。恋に恋するお年頃とは言え付き合うからには相手に愛情を持っていたし、というか、そのせいで他には何も見えていない状態になることもしばしばあった。

恋は盲目とはよく言ったものだ。ろくでなし男と付き合って、そう長くない期間の後に別れるたびに、わたしはひどく落ち込んだ。最低でも一週間は見ていられないほどに落ち込む（らしい）わたしを、根気強く慰めてくれたのが、あたりまえだけど、春霞だった。

別れ話を終え、わたしがひどい顔で家に帰ると、大抵玄関先で春霞が「やっぱりね」とでも言いたげな顔でわたしを出迎える。なんだその顔は、わたしがフラれることなんてわかっていたみたいな顔するな、ってちょっとムカッとするんだけど、春霞の顔を見たら泣いてしまうのはいつものこと。結局わたしは顔から出るものすべてを出しながら、春霞の胸に飛び込むのだ。

そんな日はいつも、わたしと春霞はひとつのベッドで寄り添って眠った。

どちらかの心が、ひどく弱ってしまっているとき。中学に上がるのと同時に子ども部屋を分けてからひとりで寝るようになったけど、ふたりで寝るにはベッドが狭くなった歳になっても、そんなときには、わたしたちは小さな頃みたいにぎゅっとくっつき合って眠った。

春霞の匂いがすると落ち着いた。春霞の心臓の音が聴こえると落ち着いた。春霞の居る証を感じると、わたしもここに居るんだと、自分の心音を聴くよりも確かに感じることができた。

たくさん泣いて、そのうち疲れて、汚い顔のまま安心しながら眠るまで、春霞はずっとわたしを抱き締めていてくれた。そんな面倒くさいことが何日も続いても、わたしの心が回復するまで、春霞はいつまでもそうしてそばに居てくれた。


一度、フラれたことがきっかけで、どうしようもないほどに落ち込んでしまったことがある。

高校三年生の冬。一般の生徒は受験大詰めで切羽詰っている時期だったけれど、推薦ですでに進学先を決めていたわたしは、あと僅かになった高校生活を大いに楽しんでいる真っ最中だった。

その当時付き合っていたのはひとつ年上の高校の先輩だった。同じ学科の先輩で、一年生のときから仲良くしていたその人と付き合うことになったのは、わたしが二年生の頃、先輩が卒業する少し前のことだ。

　先輩は、わたしの彼氏にしては珍しく非常に好青年だった。顔も性格もいいし、おまけに才能もあって、高校在学中から数々の服飾コンクールで入賞していた先輩は、卒業後もあたりまえのように服飾を学べる大学に進んだ。先輩は高校のときよりも授業が忙しくなり、わたしも受験という大変な試練があったけれど、お互い時間を見つけては少しでも会うようにしていた。今までは、長くて数ヶ月、早くて数日しか持たなかった付き合いが、一年近くも続いたのはわたしにとって奇跡だった。もしかしたらこのままこの人と結婚でもするのかな、なんて、高校生の分際で考えたりしたこともあった。

　だけどやがて事件は起こる。

　わたしが先輩を追いかけて、先輩と同じ大学に入学することが決まった数週間後。優しくてかっこよくて誠実で、大好きだった先輩の、浮気が発覚した。相手は、先輩の同級生。一度だけちらっと顔を見たことがあるけれど、髪の長い綺麗な大人の雰囲気漂う美女だった。

「ごめんね、瑚春」

　問い詰めて、白状させて、わたしと美女とどちらを選ぶのか聞いたとき、先輩から返ってきた答えはそれだった。涙なんて出なかった。わたしはもうそれ以上は何も聞かなくて、先輩の顔すら見ずに、先輩の隣から離れた。

その日、わたしはたったひとりで、傷心旅行という名の家出をした。

珍しく、帰った家に春霞の姿はなかった。いつもわたしがフラれた日には出迎えてくれるのになと思いつつ、そのときばかりは居ないのが好都合だった。携帯は部屋に置いて、ブタの貯金箱に隠していたほんの僅かな財産だけを持って、わたしはひとりで家を出た。

一番に好きだった先輩の、一番にはなれなかった。そんな自分が嫌だった、これまでのわたしなんてどこかに行ってしまえばいいと思った。もう、誰も知らない、どこも知らない場所で、たったひとりになりたかった。


家の近くのローカル電車の駅から、持っていたお金で買える範囲の一番高い切符の町に向かった。もちろんそこは行ったことのない、わたしの知らない町だった。

真っ赤に塗られた二両編成の短い電車の一番後ろに乗り込み、通り過ぎる景色を横目に見て、二時間という長い時間、わたしはひとり電車に揺られて運ばれた。警笛が鳴るたび静かに目を瞑る。こんなところで、知らない町へと孤独に向かっている自分を思うと、憐《あわ》れで儚《はかな》くて可哀想で仕方なかった。

その町に着いたのは、日が暮れかけたときだった。初めて来た終点の小さな駅は、造りがわたしの町のものとよく似ていて、どこか古くさくて懐かしい様子が感じられる。ふたつしかないホーム、同じくふたつしかない改札、姿の見えない駅員さん。そう、こんなに遠いところに来たと言うのに、なんだか何ひとつ変わっていないみたいに思える。

だけど、やっぱり、根本的な部分が明らかに違った。駅から見える町並みですら、けしてよく見ているものと大した違いはないというのに、どことなく異様な雰囲気を醸し出している。

なんら特別なことはない。それは〝知らないところ〟というだけの、些細で大きな相違点。

——ここは、どこだ。

だんだんと込み上げてくる不安が、失恋のショックを上回って掻き消していく。何を考えているんだろう、傷心旅行かなんだか知らないけれど、こんなわけのわからないところに突然やって来て。馬鹿か、お前は馬鹿か、メロドラマの見すぎだ、今どきフラれたショックで旅に出るなんてそんな陳腐な奴どこにも居ないよ。しかもよくよく考えれば地元まで戻る電車賃も残っていないし。携帯も家に置いて来たし。

……連絡取れない、帰れない。

これは、本格的に、迷子だ。

行く当てもなく、どうしようもなく、とりあえず近くにあった公園の大きなクジラの遊具の中に潜んでいた。こんなところに居たって何ひとつ解決しないけれど、何をどうすれば解決するのかもわからない。もちろん交番に行けばなんとかなるんだろうけれど、小さな子どもじゃあるまいし、こんなあほくさい理由で迷子になっているだなんて絶対誰にも知られたくなかった。

だけどきっと、朝になってもわたしが帰らなかったら、春霞や両親が大慌てで捜しに出るに違いない。近所の人も巻き込んで、そのうち警察にも連絡して、知らない間にとんでもなく大事になっていたりするかもしれない。ああ、たぶん、先輩にも連絡が行くだろう。それで別れたことがみんなに知られて、わたしが失恋したショックで家出したことがばれてしまう。そうなったら最悪だな。もう切腹でもするしかない。

もう嫌だ。なんでこんなことに。いや、全部、自業自得だってことはわかっているんだけど。でも今日は最悪で最低だ。先輩にはフラれるし、迷子になるし、お金はないし、お腹空いたし。ああ今何時だろう、来たときはまだ明るかったのに、いつの間にか街灯が点くくらい暗くなっている。

「……もう嫌だ。帰りたい」

抱えた膝に顔を埋める。どこにも響かない声で呟く。

「迎えに来てよ」

夜の公園は不気味なくらいに静かだけれど、それでもその声はどこにも響かない。世界中で、きっとわたしにしか聞こえていない声。

「ハルカ」

ぎゅっと、自分で自分を抱き締めた。そうじゃなきゃ、夜の闇に全部が溶けて消えてしまいそうだった。

あたりは、とても、静かだった。

「呼んだ? コハル」

そんなわけはなかった。

こんなところで、春霞の声が聞こえるはずもない。

だってこんな遠くの町だ。電車で何時間も掛かるような町だ。突発的に内緒でひとりでやって来た。まさかわたしがこんなところにいるなんて誰も思うわけがない。おまけにこんな真っ暗な夜に、隠れるみたいにクジラの中に潜んでいるのに、春霞が、わたしを、見つけられるはずなんてない。

「無視するの、よくないよ。コハル」

がし、と頭の両脇を掴まれる軽い衝撃があった。そのまま膝に埋めていた顔が、自分の意思じゃなく持ち上げられる。

「やっぱり、ここに居た」

公園の隅の小さな街灯。それがぼんやりと、きみの輪郭を浮かび上がらせていた。

「本当にコハルは世話が焼けるね」

わたしと同じ色の猫っ毛。去年の誕生日にあげたネイビーのマフラー。わたしに向かって笑う顔。そして何より、わたしの名前を呼ぶ声。

「なんで」

なんで、居るの、ハルカ。

訊ねようとしたその言葉はもう言葉になんてならなかった。わたしは両目からぼたぼたと涙を流し、春霞の全身にしがみ付いた。

ああもう本当に。わたしはきみが居なきゃどうしようもないらしい。ろくに何もできやしない、どころかひとりで泣くことすらままならない。でも、きみさえいれば、それで世界は回る。他に何を失っても、そう、きみさえいれば、わたしは大丈夫らしい。

「うわあああああん！　ハルカぁ！　わたしもう嫌だあ」

「はいはい。何があった？」

「先輩にフラれた！　浮気されてた！」

「なるほどあの人が。意外だけどさすがコハルの彼氏」

「わたしと美女とどっち取るのって聞いたら、ごめんて言われたあ！」

「美女だったんだ。そりゃそっち取るね」

「ふざけんな！　わたしのが絶対もっとずっとずっと先輩のこと好きなのに！」

「そうだね」

「……うぅ……大好き、だったのに……」

「知ってる。それで？」

「ショックで、なんか、お金持って、電車乗った」

「ひとりになりたかったの？」

「でも、本当に遠いとこ来たら、知らないとこで、寂しくて、お金もなくて」

「捜したよ、本当に」

「……ごめん」

むぎゅっと、さらに顔を胸に寄せた。春霞の手がわたしの頭を包み込む。冬なのに、春霞の体はとても温かくて、すっかり冷えたわたしの体温をゆっくりと元に戻していった。

トク、トク、と心臓の音が聴こえる。春霞がここに居る。わたしはひとりじゃない。

「帰ろ、コハル」

春霞の胸に顔を埋めたまま、わたしは垂れた鼻水を啜って、小さくこくりと頷いた。

どうにか間に合った最終電車に乗って、今度はふたりで二時間の旅をした。揺れる電車の中は、こんな時間だからか乗客はまばらでなんだか貸し切っているような気分になる。ときどき流れるアナウンス、止まっても降りる人ばかりで乗り込む人はほとんど居ない。窓の向こうは真っ黒で、今通っている場所が見知った場所かもわからない。目の前の窓ガラスに、泣き腫らして汚い自分の顔。そしてその隣に、春霞の顔。

「ねえ、ハルカ」

呼ぶと、窓ガラスに映った春霞の顔がこっちを向いたから、わたしものそりと視線を変えて、隣の春霞と目を合わせた。

「何？」

「ハルカって、わたしに発信器でも付けてる？」

春霞がこてんと首を傾げる。それから少し考えるような間を空けてから、ちくりと口元だけで笑った。

「付けようかと、考えてはいる」

「う……」

やばいぞ、この顔は。笑っているけど笑っていない。滅多に見られないレアなやつだ。どうやらただ今うちの弟は、とっても珍しくご立腹らしい。

そりゃそうだ、いつも必ず持ち歩いているはずの携帯を置いて行方不明になるなんて心配しないわけがない。携帯を見つけたときとか、わたしが居なくなったことに気づいたときとか、一体春霞はどう思ったんだろう。どれだけ必死にわたしを捜してくれたんだろう。

……それくらいは、聞かなくてもわかる。だってもしも逆の立場だったら、わたしは使えるものはすべて使って死ぬ気で捜すに決まっている。心配で、不安で、怖くて、たまらなくて。一秒でも早く見つけたくて、いつまでもきみの名前を呼んで、いつまでもきみの声を捜し続ける。

そう思うともう目なんて合わせていられなかった。かじかんで赤くなった手の甲を、春霞の目の代わりに見つめる。

「ごめんなさい」

「本当だよ。反省して欲しいね。携帯も置いて行ってるし、どれだけおれが心配したと思ってるの」

「ごめんなさい」

「後先考えずに行動するのやめて欲しいね。結局ひとりじゃどうにもできなくなっちゃうんだから」

「ごめんなさい」

「本当に、コハルは」

ひとつため息が降って来た。それと一緒に手の甲に降りて来るのは、わたしのかじかんだ手とは違う、温かいきみの手の手のひらだ。

「だからいつもおれが、コハルを捜さなきゃいけなくなる」

くしゃりと笑う顔はもう怒ってはいなかった。いつもどおりの、困ったようなことをまるで困ってないみたいに言う表情だ。敵わない。きみがそうやって甘やかすからわたしはこんなにだめな奴になってしまったんじゃないか。わたしがこんなに情けないのはきみのせいだ。きみのせいでわたしは、ひとりじゃ何にもできなくなってしまったんだよ。

でも、その代わりに、わたしは、きみさえそばに居るならば、きっとなんだってできる。

「ありがと、ハルカ」

「どういたしまして」

それからどちらともなく手を繋いだ。目に見えて繋がっている形はなんだかとても安心する。たぶんわたしたちはお腹の中に居た頃から、薄い羊膜を隔てて、でも手を繋いでいたに違いないと、なんとなく、思う。

「そういえばさ、小さい頃もこういうことあったね」

ようやく知っている駅名を通り過ぎるようになって、電車の揺れが心地よく少しうとうとしかけていた頃。春霞が、電車の中吊り広告を見上げながらそんなことを口にした。

「あったっけ」

「忘れたの？　おれは覚えてるけど」

「いつ？」

「確か、小学三年生のときの、誕生日の前だったかな」

小学三年生。春霞がガキ大将にいじめられて、その仇討ちをしようとして逆にぼこぼこにされたり、鉄棒で大技に失敗したりした歳の頃。あのときは、そんな出来事のすべてが悔しくて悲しくてたまらなかったけれど、今思い出すとそれは全部ただの笑い話にしかならない。くだらなくて楽しい小さな頃の思い出だ。

「あ、あれか。もしかして、わたしが花畑を探しに行ったときのこと？」

「うん、そう。あのときもコハル、ひとりで遠くに行って、ひとりで迷子になったよね」

「ああ、そうそう。それであのときもなぜか、ハルカが迎えに来てくれた」

そうだ、思い出した。小学校三年生の冬、九歳になる誕生日のちょっと前。わたしは今日みたいに誰にも内緒で家を出て、知らない遠くの町に行った。そして案の定迷子になって、泣くこともできずにひとりで途方に暮れていたんだ。得体の知れない不思議な町、沈んでいく夕日、どこまでも湧き上がる恐怖と不安。

　何もかもが色鮮やかに蘇ってくる。懐かしい、いつかの記憶の一ページ。


　きっかけは、学校で栽培していたパンジーだった。

　当時のわたしの席からは、中庭に広がる大きな花壇がよく見えて、そこには冬休みの間に咲いたらしい上級生が植えたパンジーが鮮やかに地面に色を付けていた。いろんなところでよく見掛ける花だから、名前も見た目も知っていたけれど、可愛い花だと思ったのはそのときが初めてだった。

　普段は勉強なんて大嫌いなくせに、少しでも気になるところがあるととことん調べ尽くしたくなるのがわたしの性質だ。給食終わりのお昼休み、三年生になってようやく使えるようになった高学年用の図書室に行き、植物の図鑑を手に取った。

　パンジーはスミレ科の植物で、いろいろと人の手が加わって誕生した花らしい。バリエーション豊富な色合いと長い開花時期が特徴で、初心者でも比較的簡単に育てられる種類だそうだ。

　なるほどなるほど、と子ども向けに簡単に書かれたその記事をつらつら目で追っていたけれど。その中のひとつ、特徴だとか育て方とか、そんな役立つものよりも、もっと気になる情報があった。なんとパンジーには、それよりもちょっと小ぶりな〝ビオラ〟という仲間が居るらしい。なんてことだ。パンジーがあれだけ可愛いのに、それのミニサイズの花だなんて一体どれだけ可愛いければ気が済むんだ。ぜひ見てみたい、できれば欲しい。そうだ、もうすぐわたしと春霞の誕生日だから、今年のプレゼントはそのビオラという花にしよう。

決めてからは行動が早い。帰りに近所の園芸店を覗いて、ビオラが売られているかどうかを確認。生で見たビオラは思ったとおりそれはそれは可愛くて、そのまま持って帰りたくなる衝動を抑えるのがとても辛いほどだった。だけど今はまだ買わない。なぜなら学校帰りでお金を持っていないし、まだ誕生日までは数日あるから、その間に枯らしてしまう可能性もあるからだ。。念には念を、行動は早くしたいけれど、時には計画性も必要だ。

ビオラの苗とそれを植える鉢を合わせても、お年玉があれば十分に足りる金額だった。春霞に似合いそうな淡いオレンジのやつと、白にちょっと黄色の入った綺麗なやつを買おう。植え替えて、鉢にリボンを付けて渡すんだ。花をあげるのは初めてだからどんな反応をするかわからないけれど、春霞のことだからきっと喜んでくれるはず。考え出すと楽しみで仕方なかった。明日が待ち遠しい毎日というのは、歯痒いけれど、異様なくらいにわくわくした。

そんなわたしに、クラスメイトからとっておきの情報が入ったのは、誕生日の二日前のことだった。実家が花屋さんをやっている友達が同じクラスにいたため、その子にビオラの育て方についてこっそり相談してみたら、こんなことを教えてくれたのだ。

「ビオラが生えているところがあるよ」

なんと、隣町の隣町に、野生のビオラが群生している場所があるらしい。広い丘の上で、常にいくつかの花が咲いているそこでは、今の時季、ビオラも見られるという話だ。もちろん私有地だそうだけど、その子によれば野原を荒らさなければ摘んで持って帰ることも可能なんだそうだ。なんてことだ。自然に生えているビオラがあって、しかもそれを摘むことができるなんて。それって、園芸店で売っているお花を買うよりもなんだか素敵なことじゃないか。ロマンチックだ。

そういう雰囲気に流されやすいわたしは、早速次の日に花を摘みに行くことを決めた。その日は土曜日で学校は休み、一日中たっぷりと時間を使うことができる。

幸い朝から青空の広がる小春日和のいい天気だった。お気に入りのリュックを背負って、買ってもらったばかりの赤いマウンテンバイクに跨《また》がり、クラスメイトに聞いた丘までの地図をテープでハンドルに貼り付けた。準備は万端、さあ、出発だ。

隣町の隣町はけして遠いわけではないけれど、まだ十年も生きていないあほなガキのわたしには、日本からアラスカに行くのと同じくらい遠く果てしない旅だった。いつもは両親や春霞と車に乗って行くような場所へ、今日はたったひとりで自転車に乗って向かうのだ。人生で最大の冒険。ギアを一番重くして、ひと漕ぎでたくさん前に進む。よく行くスーパーを横目に見て、祠《ほこら》の前では頭を下げて、川を渡って、怖い犬がいる家の前はもうちょっと速く。

ビオラの咲く丘までは、一体どのくらいで着くのかな。一面がお花畑らしいから、きっとすごく綺麗なんだろう。

景色はちょっとずつ知らないものに変わっていくけれど、それがむしろわくわくを誘う。今、どのあたりまで来たかな。もう半分くらいは走っただろうか。知らない町、知らない人。でも、不安なんてない、だって春霞のために綺麗なお花を摘みに行くんだ。わたしに、できないことなんてない。


夕暮れ時というのは、なんでこんなに寂しいものなのだろう。あの太陽は朝とか昼に見ているものとまったく同じはずなのに、どうして今はあんなにも哀愁が漂っているのか。やっぱり、沈んで行く、ってところが、どうしても切なさを生んでしまうのかな。太陽的には沈んでいるわけじゃなくて、ただ単に移動しているだけなのに。いやむしろ移動しているのはこっちの地面のほうか。〝ちどうせつ〟ってやつを、星の図鑑でこの間読んだ。

ってことは、今はどうでもいい。本当にどうでもいい。

——ここは、どこだ。

完全に迷子だった。地図のとおりに来たはずなのに、どこで間違えたのか、そもそも地図が間違っていたのか。とにかくすでに尋常じゃない距離を進んでいるのに、一向に目的地に辿り着けない。

冬の昼は短い。もうあと数十分もしないうちに夜がやって来てしまうだろう。

……どうしよう。こんな知らない場所で、夜になんてなってしまったら。

非常にやばい。

だめだ、もう今日は帰ろう。ビオラを摘めないのは残念だけど、また今度、春霞と一緒に来ればいい。問題ない、大丈夫。そうだ、早く、帰ろう。

マウンテンバイクをUターンさせて、今の今まで辿って来た道と向かい合う。だけどそれからはもう、わたしの足が動くことはなかった。泣いてるわけじゃないのに、視界が不鮮明にぼやける。脳みその奥が鳴っている。心臓が、どくんどくんと強く波打つ。

……ねえ、わたし、どこから来たんだっけ。

どうやって来たんだっけ。わからない。どの道を進んできたのか、どうやってここまで来たのか。わからない、ここはどこだろう。

どうしよう、だめだ、無理だ。帰る道がわからない。

家に、帰れない。

たまたま見つけた公園。小さなジャングルジムの真ん中に、膝を抱えて座っていた。まだ遅い時間ではないけれど、冬の空はすでに夜。切れかけた街灯は点滅を繰り返して無駄に不気味な雰囲気を放っている。虫の声も鳥の声も聞こえない。静かな空間に響くのは自分の呼吸の音だけで、なんだかとても怖くなって、できるだけ小さく息を吐いた。日が落ちた外は死ぬほど寒くて、息はすっかり白く濁る。寒さと、そうじゃないもので震える体を、自分の小さな手でぎゅっと抱き締めた。

恐ろしかった。もう二度と家には帰れないんだと思った。わたしはきっとこのままこの場所で、誰にも気づかれないまま夜に溶けて消えてしまうんだ。

もう温かい家には帰れない。おいしいご飯も食べられない。学校にも行けない。友達と遊べない。

春霞にも、会えない。

『ハルカ』

ごめんね、春霞。今年の誕生日プレゼントはあげられそうにない。今年どころかもう二度と、あげられないかもしれないけれど。

ねえ春霞、ねえ、聞こえる?

わたし、きみに、会いたいよ――

――キ、と自転車のブレーキの音。

向かって来る、小さな足音。

夜の闇に響く、聞き慣れた、声。

『こんなところに居たの、コハル』

「あのときは驚いたなあ。こんなところに居たの、って言ってるそっちはなんでこんなところに居るんだ、って思った」

「はは、コハルすっごいびっくりしてたもんね。で、その後鼻水だらだらで号泣」

「今日と同じだ」

「小学生の頃からまったく成長してないんだ、コハルは」

長い電車の旅を終えて、よく見知った地元の駅で降りた。ここからは、目を瞑ってでも歩ける、何度も通った家までの道だった。

途中、夜中までやっているたい焼き屋さんであんこのたい焼きを二個買った。ひとつは春霞、ひとつはわたし。春霞はいつも尻尾から齧って、わたしは反対の頭から齧る。「なさけない男だなあ」とわたしが言って、「薄情な女だなあ」と言い返されるのが毎度の決まりだ。

「コハルってどこかの中に入り込む癖があるよね。今日もそうだったし。あれ見つけにくいからやめてくれない？」

「どこかに入ってると安心するんだよ」

「見つけて欲しいのか隠れたいのかわからないって。まさかあんなところに居るとは思わなかった」

「でも本当に、あのときもだし、今日もだけど、なんでハルカってわたしの居る場所がわかるの？」

花畑を探して迷子になった子どもの頃、遅くなっても帰らないわたしを心配して、両親や隣のおばさんなど、ご近所の大人総出でわたしを捜索していたらしい。だけどわたしがよく遊びに行っていた場所をしらみつぶしに捜しても、一向にわたしは見つからない。当然だ、そんなところにわたしはいなかった。まさか隣町の隣町という遠くまでわたしが行っているなんて、大人は夢にも思っていなかったわけだ。

そんななか、泣きすぎてぐしゃぐしゃになったわたしを連れて戻って来たのが春霞だった。そう、春霞だけが、わたしを見つけてくれたのだ。そのときは家に帰れたことが嬉しかったし、大人たちも無事だったことに安心して、誰も不思議に思わなかった。春霞がわたしを見つけられたことに。

「やっぱり、発信器付けてるんでしょ」

「何、付けて欲しいわけ？」

「嫌だけど……でも、なんでかなって」

わたしが春霞にそばに居て欲しいとき、必ず春霞は来てくれた。そばに居て欲しいと、自分では気づいていないようなときでさえ、春霞はわたしのそばに居た。

それがあたりまえだった。あたりまえだけど不思議だった。

春霞はなんでわたしを見つけられるんだろう。

「コハルの呼ぶ声が聞こえるんだよ」

街灯に照らされた下で春霞がのんびり笑う。柔らかい髪は、わたしのと同じ色をしている。

「そんなわけないじゃん、あほか。おまえはあほか」

「コハルほどじゃないよ。それに、本当に聞こえるんだ」

「わたしがハルカを呼んでるのが？」

「うん。その声を追いかけてたら、いつもちゃんとそこにコハルがいる」

今回だってそうだったでしょ。と、そう言われてしまうと言い返す言葉がない。

確かに春霞はいつもわたしを見つけてくれる。どんなところに居たって、ちゃんと捜し出してくれる。

「コハルだってそうでしょ」

「何が？」

「おれがなんとなく落ち込んで、コハルにそばに居て欲しいって思うとき、いつも来てくれる」

「そうなの？」

「何、自分で何も思ってないわけ」

「いやあ、なんとなく、今ハルカのところに行ったほうがいいかなあって思ったりもするけど」

あ、そうか。そういうことなのかな。

ときどきふと、今、春霞のそばに居なきゃいけないって思うときがある。突拍子もなくそう思って春霞のところに行くと、いつも春霞は安心したように笑って、わたしをぎゅっと抱き締めた。

そうか、そういえばわたしも、何も疑問に思っていなかったけれど、ああいうとき自然に春霞の居る場所がわかった。それがいつも、春霞が落ち込んでいるときだったのも偶然じゃなかった。そばに居て欲しいって呼ぶ春霞の声が、わたしにも、聞こえていたんだろうか。

「うぅん」

「あ、まだ疑ってる？」

「そういうわけじゃないけど」

だって、ずっとずっと遠くにいるはずのわたしの呼ぶ声が聞こえるなんて、そんなこと。

「だったら試しに」

春霞が、ついと真上を指差した。そこに在るのは空の中で、今日一番に光っている星だ。

「あの星の裏側でおれの名前を呼んでみてよ。どこに居たって、見つけてあげる」

かじかんだ指先。すっかり冷えた冬の空。両手をポケットに突っ込んで、人工の光が照らすきみの姿を横目に見る。

「そんなこと言ったら本当に呼ぶよ」

「いいよ。いつでもどうぞ」

「絶対来てくれる？」

「あたりまえだよ。飛んで行く」

転がっていた小石を蹴る。ころころ跳ねたそれを、今度は春霞が蹴飛ばした。

「どこに居たって見つけてあげる。コハルがおれを呼ぶならね」

吐き出した息が白く濁る。それを見て、ああ冬だなあ、なんてどうでもいいことを考えた。

寒いのは好きじゃなかった。

でも、冬は、結構好きだった。


高校を出てから、わたしは元彼でもある先輩の居る服飾を学べる大学に、春霞は宇宙科学を学べる大学にそれぞれ進学した。通う学校が別れたのは初めてだったけれど、ふたりとも県内の学校で今までどおり実家から通っていたから、特に何かが変わったわけでもなかった。

大学生活は華々しく、とても楽しいものだった。けれど、わたしは相変わらず男を見る目はなかったらしい。新しくできた同じ学部の彼氏に三股を掛けられた挙句、怒りのあまり講義室でコブラツイストを食らわしたという出来事が学部内で伝説として長く語り継がれたほどだ。

そんなわたしと違い、春霞は高校時代とは打って変わって、彼女を作ることよりも勉強のほうに集中するようになっていた。そういえば、小さい頃に近所のおばさんから貰った本の中では宇宙図鑑に一番興味を持っていたはずだ。高校で天文部に入ったのも同じ。好きなこと、気になることをとことん調べ尽くしたくなるのは、わたしと同じ性質だった。

春霞が好きなことを見つけて、毎日を活き活き過ごしているのを見るのはとても嬉しかった。いつまでもそうやって、やりたいことをやって思うように生きて欲しい。大丈夫、きっと春霞なら大物になる。だってすごいんだから、なんでもできちゃう奴なんだから。いろんなことを研究して、いろんなことを発見して、そのうち世界中で有名な研究者になるはずだ。それで大金持ちになって、わたしは養ってもらって、働かずに大きな家でぐうたら毎日を遊びほうけて暮らすんだ。最高の未来じゃないか。わたしは春霞を心の底から応援しよう。

そんな野望を抱きつつ、初々しい大学一年目を過ごし、二年目の、春、夏、秋がゆっくりとあっという間に過ぎて行った。

まだ年も明ける前からプレゼントに悩むのは初めてだった。一月に控えたわたしと春霞の誕生日。もちろん、毎年悩みに悩んだ末に用意した最高のものをあげてはいるけれど、今回はより一層趣向を凝らさなければならない。なぜなら今回はいつも以上に特別な誕生日なのだ。わたしと春霞が、二十歳になる日。

もうすぐ子どもじゃなくなるなんて、そんな実感は毛ほどもない。長かった十代があと数十日もすれば終わってしまうんだと考えると、感慨深いし切ないしもったいない気もするけれど、だからといって二十代になることが嫌なわけではもちろんない。そもそも、実際に二十歳になったとしても、きっとわたし自身に何ひとつ変わりはないんだろう。こんなナマケモノな性格も、泣き虫も、怒りっぽいのも。もしかしたらしわしわのおばあちゃんになっても変わらなくて、いつまでも春霞を困らせているのかもしれない。だけど別にそれでいい。春霞は「よくないよ」って困ったみたいに笑うかもしれないけれど、こんなのんびりとしたくだらない日々が続いて、ゆっくりと変わらず歩いて行けるなら、それ以上の幸せはない。これまでの毎日のように、これからの毎日も、きみが隣に居さえすれば。

とりあえず、ずっと前に欲しそうにしていた時計を買ってあげることは決めている。それ以外に、金額とかは関係なく、何か記念になりそうな特別なものを用意できないかと考え続けているのだけれど。困ったことに、どうにもこうにも思い浮かばない。アイディアっていうのはタイミングが肝心らしいけれど、ぽんと閃《ひらめ》くのは所詮頭が回る奴らだけの話だ。凡人は捻りに捻って捻りすぎて、結局くだらない別のことを考え始めて終わるのだ。だから別の手段を取らなければならない。つまりわたしは軽く強行にでる。

「ねえハルカ」

その日は偶然にも、昼間からわたしも春霞も家にいた。お互い大学があったりサークルがあったり飲み会があったりで、大抵夜か朝早くにしか顔を合わせることがなかったから、こうして昼間に顔を見るのは随分久しぶりのことだった。

　ふすまを挟んで隣の部屋、春霞の部屋にそっと忍び入ると、春霞は机に向かって何かをしていた。ノックなんてしないのは今に始まったことじゃないからもちろん怒らない。春霞が振り返って、首を傾げる。

「ん、何？」

「次の誕生日プレゼント、何が欲しい」

　そう、こんなもの本人に聞いてしまえば簡単なんだ。欲しいものを用意してあげればいい。サプライズ感はゼロどころかマイナスだけど、そのあたりは用意する品でカバーしよう。

「うわ、コハル、サイテー」

　そう、たとえこんなことを言われたとしても、カバーできる、はず。

「だって何あげたらいいかわかんないし」

「何でもいいって。それにおれいつも楽しみにしてるんだから、そういう楽しみをぶち壊すようなことしないでくれる？」

「いやいやもちろん、秘密のプレゼントも渡すよ。でもそれ以外にさあ、なんかあるかなって思って」

「あったら買ってくれるの？」

「できるだけ、ご要望にはお応えしたい」

「なら、もちろん、あるにはあるけど」

顔を歪めた春霞が、おもむろに両手を広げた形で持ち上げる。

「車でしょ、ロードバイクも欲しい、レザーの財布にスニーカー、柴犬、この間見つけたヴィンテージのジーパン、あと天体観測ドームと、紅茶の茶葉と、切れてた歯磨き粉と」

単語がぽろぽろ出るたびに折られていく長い指。その両手が閉じられてしまう寸前で「もういいです」とわたしは春霞の口を止めた。いやいやそんなにあったら結局何選べばいいかわかんないじゃん。しかもわりとお高めのものばかりだし。そもそも車があればロードバイクいらないと思うんだけど。てか天体観測ドームって何。

「……やっぱり自分で考えるよ」

「何、そう？」

「楽しみにしてて……」

「うん、わかった。楽しみにしてる」

本当に楽しそうに笑う春霞に、わたしは引きつった苦笑を返して、やっぱり自分で悩まなければいけない結果に少しうんざりした。

と、踵を返そうとしたところで、春霞の机の上につと目が行った。わたしが来るまで、そこに向かって何かをしていた春霞。

「ねえ、何それ。何してたの？」

「ん、これ？」

わたしの視線でそれと気づいたのか、春霞が机の上のものをひらりとつまむ。

「コハルも書く？　友達が持ってたからおれも貰って来たんだけど」

「いや、いらない」

「そう」

即答したわたしに、けれど春霞は気にした素振りも見せず、持っていた黄色いカードを机の上に戻した。

「じゃあね」

わたしは軽く手を振って、開けっ放しにしていたふすまの隙間を通り抜ける。

「ねえハルカ、本当に、どんなものでもいいの？」

ふすまを閉める前に、もう一度、しつこいかと思ったけれど確認のために聞いてみた。

「いいよ。コハルがくれるものなら、なんでも嬉しい」

「歯磨き粉でも？」

「もちろんだよ。あんまり辛《から》くないのだと、なおのこと嬉しい」

「オッケー。参考にする」

ぱたん、と音を立ててふすまを閉めた。もちろん、歯磨き粉を買う気なんてさらさらない。

どんなものを用意しようかと悩み続けて、とうとう年も越してしまった。誕生日まではあと数日。もうこの際春霞が欲しいと言っていたものにしようかと思い至るけれど、そうなると軍資金の調達に困る。高校を卒業してからお年玉は貰えなくなった。資金源はもっぱら、バイトで稼いだなけなしの給料だ。わたし自身であげようと決めた時計は絶対に買ってあげたいから、そうなると他のものは必然的に低予算でという決まりができてしまう。ケーキでも作ろうかと一度は考えもしたけれど、わたしの料理の下手さは家族親戚友人、つまり身近な人たち漏れなく全員のお墨付きをもらっている。不可能だ。

どうしたものかと、大学から最寄駅までのいつもの商店街をふらふらと歩いていた。正月休みを挟んでいたから、大学に来るのは久しぶり、つまりこの道を歩くのも実は数週間ぶりだったものの、もちろん、けして長期間とは言えないこの間に街の風景が一変するわけもなく、そこは年末となんら変わりのない見慣れた景色があるばかりだった。

だけど、よく立ち寄るファストフード店の前を通ったとき、そこの軒先に目が行った。年末までなかったはずの白いプランターに植えられた小ぶりの花に、一瞬思考が動きを止めた。

　失くしたわけではない、けれど忘れていた古い記憶が戻って来る。

　カラフルな小ぶりの可愛らしい花。手書きの小さな秘密の地図。赤いマウンテンバイク。知らない町。

　――そうだ、あのとき、結局あげられなかったものがある。

　どうしてもあげたかったのにあげられなかったもの。それを今もう一度きみにプレゼントしよう。鉢植えにリボンを結んで、きみに似合う色の、ビオラを。

　しかしさすがに今回は、野に咲く花を採りに行こうなんてことは思わなかった。子どもの頃と違い隣町の隣町なんてのは近所と言ってもいいくらいの近さで、恐らくあっという間に行くことのできる距離ではあるんだろうけれど、しかしながら結局、わたしはビオラの咲く丘の場所がわからないままだし、そもそも今になってはそんな場所が実在するのかすら疑わしい限りだ。

　誕生日の前日。その日は平日で学校があったけれど、どうせひとコマしかない講義だ、さぼって春霞へのプレゼントを買いに行くと決めていた。

　朝、始まりというには随分と遅い時間に起きると、ちょうど春霞が外出するところに出くわした。玄関で、ボディバッグを背負ってお気に入りのスニーカーの紐を締めていた春霞は、学校に行くよりも少し身軽な格好をしている。

「おはよう、ハルカ」

「あ、おはようコハル。起きたの」

「うん。学校行くの？」

「いや、今日は、コハルへのプレゼントを調達しに行く」

「あらあら」

いつもは随分前から用意している様子なのに、前日に準備するなんて珍しい。そう思っていると、春霞が立ち上がり、まだ寝癖で爆発していたわたしの髪を整えるように何度か撫でた。

「楽しみにしててね」

何日か前にわたしが言った言葉をそのまま口にして、春霞はドアを開ける。隙間から入って来た冷たい風が柔らかい髪を揺らして行った。

「死ぬほど楽しみにしてる」

「あは、ハードル上がっちゃったなあ。歯磨き粉でも怒らないでね」

「わたしは絶対に歯磨き粉なんかじゃ喜ばないよ」

「知ってるよ。大丈夫。素敵なものを用意する」

行って来るね、と春霞は言って家を出た。わたしはうっかり盛り上がりそうになる気分を抑えつつ、しばらくしてから、春霞と同じように家を出た。

プレゼントにビオラをあげようと決めたときから、地元にある園芸店をいくつも見て回っていた。花に関する知識なんて欠片も持っていないから、いいものを判断することはできないけれど、一番種類が多く鮮やかな花を売っている、大学の近くの店で買うことを決めていた。

まずは、滅多に行かない百貨店に行って時計を手に入れる代わりに痛い出費をする。それから、同じ百貨店内の少し庶民寄りのゾーンに行って、ラッピング用品などを売っているコーナーで、鉢植えに付けるリボンと小さなメッセージカードを買った。そして目を付けていた園芸店へ。ビオラというのは本当にたくさんの色の種類があるらしく、紫に黄色っていうのが一番よく見る気がするけれど、青っぽいのから臙脂《えんじ》色みたいなのまで、有り難いほどに豊富なバリエーションが揃っている。だけどもう欲しい色は決めていた。それは十年以上も前に、春霞に似合う色はこれだと、たくさんの種類の中から選んだものだ。淡いオレンジのやつと、白にちょっと黄色の入った綺麗なやつ。そのふたつの苗と、土と、丸みのあるテラコッタの鉢を買った。ついでにそこにあった自動販売機でホットのミルクティーを買って、近くの公園のベンチで休憩をした。その時間帯は、小学校がちょうど終わった頃なのか、ちらほらと子どもたちの姿が見えた。響く甲高い声を聞きながらミルクティーで一服して、ついさっき買ったばかりの苗と土と鉢を出した。

思いのほか綺麗に植え替えることができた。園芸店の店員さんにコツを聞いて来たのも正解だったかもしれない。可愛らしい小さな花は、アースカラーの鉢植えの中で活き活きと鮮やかに咲いていた。

メッセージカードは、素朴な四つ葉柄のものにした。鞄の中からペンを出して、小さな四角に言葉を添える。

『ハルカ　20歳の誕生日おめでとう。今年もよろしくね』

最後のひと言は、なんだか年賀状みたいだなと思いながら、仕上げに付けた鉢植えのリボンにカードを挟んだ。

——そのときふいに、春霞の声が聞こえた気がした。

わたしを呼ぶ、春霞の声。

おもむろに振り返る、だけどもちろん春霞は居ない。あたりを見回してみても、姿なんてどこにもない。

『コハル』

ずっと春霞へのプレゼントを考えていたから、そのせいで無意識に声を思い出したのかもしれない。いやだなあそんなの、まるでわたしの中のほとんどが春霞で占められているみたいじゃないか。そんなことないのに、わたしにはもっとたくさんの楽しいこととか好きなことがあるっていうのに。だけど、そう、それはきっと、きみがわたしの隣に居るからこそのものなんだって、それは認めるしかないけれど。

明日が、すごく楽しみだった。明日が待ち遠しいというのは、歯痒いけれど、異様なくらいにわくわくする。春霞はなんて言うだろう。本当にちゃんと喜んでくれるかな。わたしには何をくれるんだろう。きっと、わたしもなんでも喜ぶと思うけれど。早く、明日になればいいのに。わたしと春霞が一緒にこの世界に生まれてから二十回目の特別な日が、早く、今日に、なればいいのに。

そう思いながら空を見上げた。晴れた日の冬の空は、どこまでも透明だった。


——何度も鳴っていた携帯のバイブに、しばらくしてからようやく気づいた。掛け直して出た母の声はあまりに必死で、真冬なのに、体中に汗が滲んだ。

頭の奥で、きみの声が響いていた。

きみの心臓の音が、聴こえていた。


「ハルカ!!」

隣町にあるこのあたりで一番大きな総合病院の、通常の見舞い客は入らない廊下の奥で両親がわたしを待っていた。病院の独特の臭いが濃い、異様な雰囲気の場所だった。

「あ……瑚春」

「ねえ、ハルカは？　何があったの、大丈夫なの？　どこに居るの？」

「瑚春、少し、落ち着きなさい」

「ハルカはどこって聞いてるの！」

ソファに力なく腰掛けていた父と母に詰め寄り、そこには居ないあとひとりの家族の名前を叫んだ。


春霞が事故に遭ったと、公園に居たときに連絡が入った。距離がある場所に居たわたしが病院に着いたのは連絡があってから一時間後、春霞が事故に遭ったときからはすでに数時間が経っていた。

「ねえ、ハルカは……ハルカは大丈夫なんだよね」

いつからか、わたしよりも背が低くなった母の肩を掴んで、掠れた声を吐き出した。

唾を飲み込むことさえ困難なほどに喉がからからに渇いている。ひどい眩暈《めまい》もした。

脳がぐらんぐらんと揺れているみたいだ。何もかもが安定しない。ああ、こんなとき、きみにそばに居て欲しいのに。

「春霞は……車にぶつかったんだって。道路に飛び出した猫を、助けようとして」

「だから何」

「瑚春へのプレゼント持ってた。お洒落なコートと、可愛いお花」

「そんなことはどうでもいい、ハルカはどうしたって聞いてるの」

「……外傷は少ないみたい。目に見える怪我は、そんなにない」

「じゃあ、無事なの？　どうってことないの？」

早口で捲《まく》し立てるわたしとは裏腹なたどたどしい母の口調に、もどかしさを覚え苛立ちが募る。乱れた呼吸はずっと直らない。母の、白髪雑じりの短い髪が、青白いのに汗を掻いた額に張り付いていた。

「春霞の心臓は……今もちゃんと、動いてる」

ふっ、と。体中から、力が抜けるようだった。

「そう、なんだ」

深く息を吐いて、母の肩を掴んでいた手をだらんと下ろした。

……よかった、春霞は無事だったんだ。

大丈夫だったならそれでいい、怪我が少ないなら安心だ。まったく、猫を助けようとしただなんて、なんてきみらしい理由だろうね。本当に心配を掛けさせて。怒りたいけど、怒らないから、代わりにとっとと治して、早く、わたしの隣に帰って来て。

「……」

だけど、なんでだろう。わたしの中でくすぶる違和感が消えない。

春霞は無事だとわかったのに。得体の知れない感覚が、いつまで経っても、ぐるぐると渦巻くように真ん中らへんを掻き回している。

どうしてだろう。なんでだろう。この違和感はなんだろう。いつもと違うんだ。何が違うのかわからないけれど。

だけど、何かが〝足りない〟んだ。

何かが……何が、足りないんだろう。

「つう、うぅああ……!!」

突然廊下に嗚咽が響く。ワックスの塗られた床に落ちても、涙はけして染みにはならない。

目の前の母の、細い肩が震える。なぜ、彼女が突然泣きだしたのか、わたしにはわからない。

「瑚春、よく、聞くんだ」

ぼろぼろと涙を流し続ける母の代わりに、父がわたしの腕を掴んだ。痛いくらいに握り締める手は、まるでわたしが逃げないための枷《かせ》みたいだ。そう、だけどきっと、本当にその枷《かせ》がなければ、わたしはすぐにでもその場から逃げていただろう。父の口から語られるであろう言葉を聞くことを、体中が拒否している。聞きたくはない、知りたくもない。

――それは、どうして？

そう、本当は、わかっていたんだ。感じていた違和感。何が足りないのか。だってさっきから聞こえないんだ。

――ドクン、ドクン、と。心臓の音が耳元で響いている。これはわたしの心音だろうか、それとも、今もまだ鳴っているはずの、きみの音だろうか。

「瑚春」

父の表情が僅かに歪む。いつものんきで飄々《ひょうひょう》とした父の、こんな表情を見るのは初めてだった。

そういえば、母の涙を見たのも初めてだ。父も母も明るくて、滅多に怒らないし、いつも笑っている人だから。ああ、そっか、春霞はふたりに似たのかな。きみも同じだもんね。うちの家族で泣き虫で怒りん坊なのはわたしだけだ。いつもいつも、わたしがみんなを困らせてばかりだから、だから、ねえ、こういうとき、どうしたらいいのかわからないんだよ。

ハルカ、お母さんが泣いているよ。

ハルカ、お父さんも笑っていないよ。

ねえハルカ、教えて、わたしはどうすればいいの。

ねえ、きみは今どこに居るの。見つけられないよ、ハルカ。

きみの声が、聞こえないから。


「春霞は死んだ」


そんな、はずはなかった。

だって今言ったじゃないか。春霞の心臓は動いているって。

生きているってことでしょう。死んでいるはずがないでしょう。そんな笑えない嘘言わないで。どうでもいいから春霞に会わせて。きっと、春霞はわたしを待っている。

笑ってわたしを抱き締める。ぎゅっと顔を寄せた耳元で、わたしを呼んでくれるに決まっているんだ。

だっていつもそうだから。これからだって、ずっと、きみはそうやって。わたしのそばに。

「打った場所が悪かった。頭の中に、大きな傷を負ったって」

父の手はわたしの腕を掴んだまま、そこから微かな震えが伝わってくる。

「春霞の心臓は、確かにまだ動いてる。でも春霞はもう死んでるんだ。できることはない。心臓だって、じきに止まる」

横にいる、母の嗚咽が大きくなった。わたしをじっと見つめる父の細い目から、ぽたりとひとつの涙が落ちた。

──脳死。何らかの原因で脳の機能がすべて停止してしまうこと。自発呼吸すら止まって、他の臓器もやがて機能しなくなり、死に至る。

簡単な知識なら持っている。だけどそれがどうした。わたしたちに何の関係がある。そんなものはただの知識と情報の中での話。わたしたちにはまったく関係のない話だ。どうでもいい。興味ない。そんなことより、早く、春霞に。

「瑚春、聞けよ、とても大事な話だ」

父は手の甲で一度だけ顔を拭うと、もう一度わたしを真っ直ぐに見つめた。わたしも同じように向き合っていたけれど、瞳にきちんと彼が映っていたかどうかはわからない。

「後でもう一度、二回目の脳死判定をする。そこで脳死と判定されれば、春霞は、手術を受ける」

「手術？」

久しぶりに声を出した気がした。その声は、とても自分のものとは思えない音をしていた。

「ハルカは、手術すれば治るの？　ちゃんと、治してくれるの？」

父に掴まれていた腕を伸ばし、今度はわたしが父の腕を掴んだ。分厚いセーターがわたしの指の間で深い皺を作っていた。

「違う。そういう手術じゃない」

うな垂れた首を横に振り、父は色を失くしたくちびるの隙間から小さく息を漏らした。わたしは強く、縋《すが》るように、力の抜けた父の体を揺さぶる。

「そういうのじゃないって、どういうこと」

「脳死と判定された時点で、春霞は完全に死亡したことになる。もう治らない」

「だから！」

「春霞は、これを持っていたんだ」

おもむろに取り出したのは、一枚の小さなカード。見覚えがあった。わたしがプレゼントの希望を聞きに行ったときに春霞が書いていたものだ。黄色い、真ん中に天使の絵が描かれたカード。

「春霞が決めたことなんだ。脳死になったら、春霞の体は他の人のところへ行く」

何それ。なんで、そんな。

誰のところに行くって？

他の人って誰？

なんだろう、これは。悪い夢でも見ているのかな。暗くて、残酷で、だけど必ず覚める夢。そう、夢だ、こんなもの全部夢に決まっている。早く覚めろ、早くいつもの風景に戻って。そしたら悪い夢を見たって春霞のところに行って、怖かったでしょうってなぐさめてもらうから。

早く、早く、消えて、こんなもの全部。

……ねえ、なんで、どうして、変だよ。

どうしてこの夢は、覚めて、くれないんだろう。

「何、言ってんの。わけわかんないこと言わないでよ！」

どんと父の胸を強く叩いた。大きくて頼れたはずの父の体は、けれど呆気ないほどに軽く押せて、なんだかとても、脆《もろ》く思えた。

「ハルカはまだ生きてるんでしょ」

「だから、言っただろ、瑚春。春霞はもう……」

「生きてるよ、心臓は動いてるんでしょ！　ハルカは死んでない！」

死ぬわけがない。これからだってずっと一緒に居るんだ。

明日は二十歳の誕生日。大切な記念の日をふたりで一緒に祝うんだ。おめでとうって言い合って、これからもよろしくって笑うんだ。プレゼントだって用意してある。

きっと春霞は喜んでくれる。こんなふうに、くだらなくて、些細で幸せな毎日を、これから先もずっとずっと、一緒に歩いて行くんだ。

わたしは変な男に騙されてばかりで、春霞も女を見る目がないけれど、きっといつかふたりとも、大切な人を見つける日が来る。春霞のお嫁さんはどんな人かな。わりと面食いだから、たぶん可愛らしいお人形さんみたいな人だろうね。仲良くなれるといいな、なれるよね、絶対。だって春霞が選ぶ人だもん、とても素敵な人に決まっている。

わたしの旦那様はどんな人だと思う？　すっごくイケメンで、背が高くて、有能で優しくて、お金持ちだと思うけど。きっと春霞によく似ている。

新しい家族ができたら嬉しいね。わたしの子と春霞の子はどっちが可愛いかな。たぶんわたしの子は世界で一番可愛いけど、春霞の子は、二番目くらいに可愛いかもね。

ねえ、みんなで、すごく仲良しの家族になろうね。絶対に離れない、強くて大切な、家族になろうね。

いつまでも一緒に居よう。どんなときでもそばに居よう。

悲しいときはわたしを呼んでね。走って向かって、抱き締めるから。

だからハルカもそばに来て。わたしが呼んだら迎えに来て。

見つけて、わたしを。ずっと、ずっと、いつまでも。

わたしの隣に、きみは、居て。

「……ハルカ……っ」

頬を伝う生温《ぬる》い感覚。すべてが滲んで見えない視界。ずきずきと痛む喉の奥、震える呼吸、響く心音。聞こえない、きみの声。

「ハルカ、答えてよ！　ハルカ！　ハルカぁ！」

「瑚春！　何度言ったらわかるんだ！　春霞は死んだんだ！」

「死んでない、死ぬわけない！　ハルカは生きてる！」

「瑚春!!」

父の腕がわたしを包む。脆く思えた体はやっぱり大きくて、だけど。

「離して、ハルカに会わせて！　ハルカはわたしが連れて帰る」

「いい加減にしなさい、もう死んだんだ！　連れては帰れない」

「うるさい黙れ！　ハルカを返して！」

「これは春霞が決めたことなんだ！」

父にきつく抱き締められた肩に、冷たい感覚が降った。嗚咽は耳元で聞こえていた。

「春霞が決めたんだ、こうしてくれって。瑚春、わかってくれよ。あいつのためなんだ」

掠れた声は、聞き慣れたはずの父の声なのに、まるで知らない人のもののように思えた。父の肩越しに見えるぼんやりとした景色には、涙を流し続ける母の姿と、薄暗い蛍光灯。

心臓の音がする。呼吸をしている。生きている、今ここで、わたしは。

「お願い、ハルカを、殺さないで」

春霞が居なくなるなんて考えられない。そんな世界でわたしはひとりでどうしたらいいの。春霞が居なきゃ何もできないわたしは、きみの居ない世界で、どうやって歩いて行けばいいいんだよ。

「ハルカ」

答えて。

「ハルカ、ハルカ」

呼んでるのに。

「ハルカ、ハルカ、ハルカ！」

迎えに来て。

「ハルカぁ！」

わたしを見つけて。

「うわあああああああああ！」

どうして答えてくれないの。

ねえ、ハルカ――


二十歳になる誕生日の前日。

春霞は死んだ。


葬式には出なかった。わたしは春霞の姿も見ずに、春霞がプレゼントにと用意してくれていたコートといくつかの荷物だけを持って、空っぽのまま家を出た。

春霞が居なくなったなんて、いつまでも信じることはできなかった。

思い出にはできない。だけど見ればたくさんのことを思い出してしまうこの町の景色は、わたしにとって、耐えられるものではなかった。

大学も辞めた。もう二度と、この町には戻って来ないつもりだった。

行く当てなんてなかった。どこに行ったってよかった。ただ、できるだけ、海の近い小さなあの町とは似ても似つかない遠くの知らない場所に行きたかった。

わたしの世界は、春霞が死んで時間を止めた。

いつまでも向かう場所がわからない。歩いていても、どこへ向かっているのか、本当に歩いているのかわからないんだ。

きみは嘘吐きだね。

どこに居たって呼んだら来てくれるって言ったくせに、どれだけ名前を呼んだって、喉が切れるくらい叫んだって、きみはわたしを見つけてはくれない。

ねえハルカ、お願いだよ。

会いたいんだよ、きみに。

頭を撫でて欲しいんだよ、笑って欲しいんだよ。

名前を呼んで抱き締めてよ。

きみが居なきゃどうしようもない。わたしはいつまでだって前へ進めない。

こんな世界で、たったひとりで、いつまでも、飛べない空を仰いで。

何度でも、何度でも、きみに届くまで、

きみの名前を、呼び続けている。

第六章

銀星の泣く場所

The sixth day

『おれからの誕生日プレゼントだよ。
きっとコハルも喜ぶ、とても素敵なものだ』

気だるさで目を覚ました。頭は重く、がんがんと殴られているような鈍痛が鼓動に合わせて走った。いつもは部屋着に着替えて眠っているはずなのに、今の格好は昨日仕事に出たときのままだ。いつ眠ったのかよく思い出せないけれど、恐らく随分長い時間寝ていたはずなのに、寝不足のときのような染み込んだ疲れが感じられる。

床に落ちていた鞄から携帯を取り出し時間を確認すると、朝の九時過ぎ。わたしにしては随分と早い起床だ。体は動こうとしないのにもうひと眠りしようという気も起きない。布団を頭まで被って、うっすらと光が沁みる狭い空間で、ぼんやりと何もない場所を見つめていた。

ふと、違和感に気づいた。のそりと布団から顔だけを出すと、遮光カーテンのない窓から日の光が差し込む明るい部屋の中が見えた。しんと静まり返った物の少ないワンルーム。綺麗に片付いた、何ものっていない四角いテーブル。

この頃は毎日、こうして朝目が覚めると、食欲をそそる香ばしい匂いが一番にわたしを刺激した。焼き立てのトーストだったり、甘いヨーグルトだったり、ミルクたっぷりのコーヒーだったり。わたしが起きる時間に合わせて出来立てのものが揃っていて、まだ覚めきらない目を擦りながら布団と一緒に這い出すと、

『おはよう、瑚春』

ってのんきな声が聞こえるんだ。

それはわたしにとってあたりまえに在る日々じゃなかった。朝はひとりで起きて、朝食なんてろくに取らずに出掛けていた。それがずっと続けていたはずの毎日だったのに、このたった数日の日々が、わたしの日常を変えてしまった。

だけど、それももう終わり。

朝の部屋の中にわたし以外の姿はなかった。漂う朝ご飯の匂いも、かちゃかちゃと鳴るキッチンからの音も、誰かの笑い顔も。

——居なくなれと、そう言ったのはわたしだ。本心だったから後悔も罪悪感もない。それであいつが本当にわたしの前から消えてしまっても、あいつが選んだことだからわたしには関係のないことだ。もともと意味のない出会いだったと思っていた——本当はそれが仕組まれたものだったとしても何も知らないわたしはそう思っていた——だから、わたしは今までのたったひとりの毎日に戻るだけ。あいつとはもう二度と、関わることなく生きて行く。

ひとつ大きなあくびをして、寝癖まみれの髪を掻いた。

そのときふいに引っ掻いてしまった左の耳に痛みが走った。ずきんと疼《うず》いた場所に触れれば、柔らかいはずの耳たぶに慣れない硬い感触がした。

ぐっと伸びをしてベッドから降りる。冷たい水で顔を洗って、まだ覚めきらない目をこじ開ける。洗面台は汚れひとつなく綺麗に磨かれていて、そこに映った自分の顔が妙に鮮明に浮かんでいた。年齢より幼く見られることの多い顔は、けれどまだ十代だった五年前に比べると随分と雰囲気を変えている。止まっていると思っても確実に時間は進んでいる。ひとりきりでいつまでだって、どこかへ向かって進んでいる。

洗面所から出ると、キッチンにあった、お皿にのせてラップを掛けられた三つのおにぎりを見つけた。たぶんわたしの朝ご飯だ。それをレンジで温めて、テーブルに持って行きのりを巻いて食べた。具のないおにぎりだったけれど、ほどよい塩加減がおいしかった。

食べている最中、本棚の横に紙袋が置かれているのに気がついた。皺のついた封筒が開いた口からいくつか覗いていた。昨日わたしがぐしゃぐしゃに丸めたはずのものが綺麗に伸ばされてしまわれているらしい。それを視界に入れないようにしながら着っぱなしだった服を替え、五年前にハルカがくれたコートを羽織り、家を出た。

今日はいつにも増して一段と冷え込んでいた。見上げた空は薄い灰色をしていて、今にも雪が降り出しそうな気配がする。今年はまだ一度も降っていない雪。そういえば、このあたりは毎年、いつくらいから雪が降り始めていたっけ。考えてみたけれど思い出すことはできずに、わたしは足元に視線を落としながらいつもの道を歩いて行った。

店に着いて、ドアを開けて、だけど開かなかったところで今日から店長が居なかったことを思い出した。居ないからこそこんな時間にのんびり出勤していたはずなのに、いつの間に忘れてしまったんだろう。ともかく、鞄から預かっていた鍵を取り出して、中に入る。ガランとしていて静かな店内は妙な雰囲気に満ちていて、なんだか急に、知らない場所のように思えた。

お客さんが間違えて入ってくるといけないからカーテンは閉めたままだ。ただでさえ外は曇っているのに、おまけに照明も点けていないから、店内は昼間だというのに夜の始まりのように薄暗い。そのほうが落ち着いた。明るい空間よりも居やすいし、作業に支障が出るほどでもない。ひとりのときは暗いくらいがちょうどいい。音楽も必要ない。自分以外のどんな気配も殺して、徹底的にひとりになる。

空いている平台に鞄を置き、ひと息吐く。それから放られていたエプロンを着け、やらなければいけない作業に取り掛かった。

やるべきことをやっている間は、何も考えなくていいから楽だった。手を動かしてさえいればそのことに集中して、他のことには頭が回らなくなる。逆に、手を止めてしまうと余計なことが思い出される。昨日の夜のこと。今日の朝、しんと静かだった家のこと。あいつが居た、五日間のこと。

わたしが咄嗟《とっさ》にあいつに言ったのはきっと心からの言葉で、あいつがわたしの家を出て行ったのもあいつが勝手に決めたことだ。いつかはまたこれまでのように、一切関わることもなく生きて行くんだとわかっていた。それがいつになるかを知らなかっただけで、それがたまたま、今だっただけ。この短い日々は、きっとお互いの人生に何の変化も意味も与えないだろう。小さな自然災害のように突然やって来て突然消える、そしてその後はもう忘れてしまう。わたしにとってあいつは、それだけの存在だった。

——なのに。

どうしてこうまでも、あの顔が、消えないんだろう。

気を抜くと浮かんでしまう。楽しそうに笑ったり、宥《なだ》めるみたいに優しかったり、悲しそうに、わたしを見たり。そういう、とても豊かだったあいつの表情と、昨日、必死でわたしの名前を呼んでいた、声。

あれはまるで、ハルカがわたしを呼んでいるように聞こえて。だけど違うってわかっているから、余計に憤って、拒絶して。あんたなんかいらないって本気で思った。もう消えろって、居なくなれって。だけど。

どうして、冬眞は、わたしのそばに居たんだろう。

不思議に思う。冬眞と過ごしていた間、ハルカのことを考えることが多かった。それは冬眞がどうしてかハルカに似ている気がしたからだ。ハルカのようにわたしを呼んで、ハルカのように見つけて、ハルカと同じにわたしのそばに居てくれた。でも本当は、ハルカとは全然違うこともわかっている。冬眞は冬眞であってハルカじゃない。ハルカの代わりじゃなく、冬眞は冬眞として、わたしを呼んで、見つけて、触れて、そばに居た。冬眞はハルカじゃない。あの頃を思い出すような温かな空気は、ハルカの記憶じゃなく、すべて冬眞がくれたものだ。

『おまえにとって冬眞は、他とは違うように見えるけど』

この街に来てから出会った人の誰にもこんな思いは抱かなかった。だからこそこの街に来てからも、誰かと一緒に居られたのだ。ハルカが隣に居たときのような思いにはけしてならないから、不用意に心を揺さぶられることもなく、ある意味安心していられた。でも冬眞は違うのだ。あいつの言葉や仕草、体温ですらいちいちわたしを刺激する。わたしの中に入り込んで来て、大切に閉じている宝箱の蓋を無理やり開けようとする。だから苛々するんだ。感情が溢れて、止められなくなりそうになる。

わかっている。それがどうしてかって。冬眞がわたしに向かって笑うたびに泣きそうなくらいに心がざわつくのは、その表情の中にある感情にきちんと気づいていたからだ。

家族であるハルカがわたしに見返りを求めない愛情を注いでくれていたのと同じように、赤の他人であるはずの冬眞も、わたしに温かな愛情をくれていた。

出会ってから過ごしたのはほんの数日。お互いのことを十分に知る暇もないくらいに短い時間だ。その間、たとえ冬眞がどんな理由でわたしのそばに居たのだとしても、冬眞がわたしにくれたものは嘘ではない、確かなものだった。

だからこんなにも、冬眞の隣は、苦しくて、優しかったんだ。

——カタッ。

小さな音にハッと我に返った。床に商品を落としてしまっていた。物を確認して、どこも傷ついていなかったことに安心してため息を吐く。

……だめだ。集中しなければいけないのに余計なことに頭を回してしまう。考えないようにと何かをしようとしても、そっちがおろそかになるんじゃなんの意味もない。

商品を戻して立ち上がった。整理の続きをするつもりだったけれど先に掃除をすることにした。そのほうが、何の変化もない作業よりは仕事に集中できる。

奥から布巾《ふきん》とバケツ、モップなど掃除用具をすべて持って来て入り口付近から手を付けていった。それからはなるべく何も考えずに、作業だけに没頭した。

どのくらい、そうして頭を空っぽにしていたんだろう。激しくなった頭痛に手を止めると、随分と時間が経っていたことに気づいた。頭痛は朝から続いていた。だけどそれは体調の悪さから来ているものじゃない。

ガラスを拭いていた布巾を置いて平台に体を預けるようにしゃがみ込んだ。できるだけ小さくなって、両手で頭を抱える。ぎゅっと、自分で自分を抱き締めるように。

『コハル、大丈夫?』

ハルカが居たら、きっとそう言って頭を撫でてくれる。それはどんな薬よりもわたしの悪いところに効く。痛みなんて全部飛んでいく。だけどきみが心配してくれると嬉しいから「大丈夫じゃない」ってわたしは言う。そしたらきみは「そりゃ大変だ」ってちっとも大変じゃなさそうに笑って、だけどわたしが大丈夫って言うまで、そばに居てくれるんだ。

『瑚春、泣いてんの?』

あいつも同じだった。わたしが勝手にいじけて布団に潜り込むと、すぐに余計なおせっかいを焼いてきた。そんなのいらないのに、必要ないのに、わたしが突っぱねてもあいつはずっとわたしのそばに居た。なんでか知らないけれどハルカみたいに、わたしのそばに居てくれたんだ。


頭痛が治まるまでしばらく、そのままの格好でじっとしていた。近くにある理容室から、トランペットを吹いているみたいな愉快な音楽が聞こえる。六時になった合図だ、あの店はいつも、お昼の十二時と夕方の六時にあの音楽を鳴らす。

店の中はすっかり真っ暗闇だった。外の街灯が点き始めたおかげでうっすらと物の輪郭はわかるけれど、さすがに電気を点けなければまともに動けない暗さだ。外は、一ヶ月前のクリスマスのイルミネーションを半分残したままの鮮やかな光が灯っていて、たくさんの人がこれから訪れる夜を楽しもうと行き交っている。なのに、ここはこんなに暗くて静かで、わたしだけが、息をしている。まるで違う空間みたいだ。ここは、小さく仕切られたわたしだけの世界で、五年前から止まったままのわたしを囲む、世界から置いて行かれた場所。

「……」

まだ重い頭を軽く振って立ち上がった。今日はもう帰ろう。そう思い、鞄に手を伸ばし掛けたところで、コツン、と鳴った微かな音に振り向いた。

足元を転がる小さな影。違和感を感じる首元。

外の灯りを反射させ、一瞬光った、赤黒い輝き。

心臓が鳴る。声は出なかった。

言いようのない思いが、頭の中にたくさん巡った。

——ハルカ。

足元に転がった赤黒い石は、わたしの肌から離れた、わたしときみの繋がりを示す証だった。十年以上も一度だってこの首から外したことのなかったものだ。たとえこの首をもがれたとしても絶対に外さないでいようと自分に誓ったから。だってこれはきみがくれたものだ。大切なきみとの絆を形にしたものだった。

わたしときみの生まれた月の石。

ガーネット――

「ハル、カ」

震える手で拾い上げた。どこも欠けては居ない。輝きを失ってもいない。だけど、わたしから、離れてしまった。

これを外さなければいつまでもきみと繋がっていられる気がしていた。これが目印だと、きみがそう言ったから。どんなところに居たって見つけられるように。きっと離れ離れにならないように。だから、これさえあれば、いつかまたきみが見つけてくれるような気がしていた。ここに居たのって笑いながら、わたしに手を差し伸べてくれるのだと思っていた。

何も変わってなんかいないって、終わってなんかいないって。わたしはひとりじゃないって、言ってくれているような、気が、していたんだ。

だけどもうだめなのかな。

やっぱりきみはもう居ないのかな。

この世界から消えたのかな。

わたしを見つけてはくれないのかな。

わたしの声は、きみにはもう、聞こえることはないのかな。

店を出て、夜に変わった街の中をひとりで歩いていた。

帰宅ラッシュの大通りは大勢の人で賑わい、広くはない歩道には常に人が行き交っている。みんなそれぞれの目的地を持って、どこかに向かうために歩いている。わたしもその流れに乗って、どこかへ向かって足を進める。

誰もが、自分のことだけに精一杯な世界だ。ひとのことになんて構っていられない。自分が居る場所を守ることだけで精一杯。自分と、数人の大切な人、それだけが小さな世界を作っていて、あとはその他大勢の一部。誰もがそう。だからこんな大勢の中にいても〝わたし〟を〝わたし〟と認識している人はわたししか居ない。同じだ。わたしも、どれだけ大勢の人混みの中に居たって、そこに居るのがきみじゃないなら、ひとりで居るのと同じことだ。

わたしの世界にはいつだってきみが居た。きみが居ればそれでよかった。なのにきみが居ないなら、もうきみに会えないなら、わたしはいつだって、この場所でたったひとり。いつまでも、ひとりきりなんだ。

——どんと誰かとぶつかった肩が一瞬だけじわりと痛む。だけど足を止めず、振り返らず、そのまま先へ進んだ。

人は誰でも、その人だけの真っ直ぐな道を歩いている。その道を進む中で、いろんなものを拾って、失くして、止まって迷って、出会いながら、目的地へ向かう。わたしの道にはいつでも前にハルカがいた。きっと簡単に進める道じゃなかった。明るく照らされてもいなかった。だけどきみが先に居たから、恐がることなく前に進めた。

肩をぶつけるほど近くにいた相手でさえ一瞬の後には区別がつかなくなる縁の薄い世界だけれど、そんななかできみだけは、わたしと一緒に生まれて、わたしと一緒に生きてくれた。

ずっと一緒に居たかった。いつまでも一緒に居たかった。きみの、きっと素晴らしいであろうずっと先の未来を、わたしは隣で見ていたかった。きみの泣く姿も、怒る姿も、喜ぶ姿も、笑う姿も。全部を隣で、見ていたかったんだ。

ねえ、どうしてきみは、わたしを置いて消えたの。わたしにはきみが居なきゃだめなんだって、誰よりもわかっていたくせに。

「……ハルカ」

わたしはどうしようもないよ。あの日から確かに時間は進んでいるのに、わたしは何ひとつ変わっちゃいない。何も進んでいない。どこにも向かえていない。きみの姿をいつまでも、同じ場所を彷徨《さまよ》いながら探しているんだ。

会いたいよ、ハルカ。どんな姿でも、どんな形でもいいから、きみに会いたい。わたしはひとりじゃ何もできない。きみが居なきゃ前に進めない。どこにだって行けはしない。迎えに来て、わたしを見つけて。名前を呼んで、手を引いて、いつもみたいに笑ってみせて。きみの隣がわたしの居場所で、そこでしか、わたしは生きてはいけないんだよ。

ねえ、ハルカ――

「瑚春!」

目の前を、轟音《ごうおん》と一緒にヘッドライトが通り過ぎた。束の間遅れるようにやって来た風が長い髪を左に流す。

「あぶねえな」

声がして振り返ると、わたしの腕を掴み立っている、誰かの姿が見えた。

「冬眞」

「何してんだよ、ぼうっとして」

「あんた……なんで、ここに居るの」

「あれ、おれの質問無視?」

首を傾げながら苦笑いする姿は、昨日までのこいつと何ら変わっていない。そう、でも、違うところをひとつ挙げるとすれば、わたしを掴んでいるのと逆の手に植木鉢を持っていることだろうか。その鉢に咲く花は、色とりどりのビオラ。

冬眞がくしゃりと笑う。

「まあいいや。帰るぞ、瑚春」

黙って、その手に引かれた。人混みの中、でも離れないように足の遅いわたしのペースに合わせて冬眞は少し先を進んだ。凍えそうなほどに寒いのに、冬眞の手は温かく、冷えきったわたしの手にぬくもりを分けるように、それは大きく包み込む。

「あ、雪だ」

冬眞がそう呟いたのは、大通りを抜け、丘の上へ続く坂道に差し掛かったところだった。つられて顔を上げると、確かに、真っ暗闇の空の中から細かい雪が降っていた。

「そういえば瑚春、ちゃんとおにぎり食べた？」

「あんた、うち出て行ったんじゃなかったの」

冬眞の言葉を無視して、視線を空に向けたまま聞いた。冬眞が止まって振り返る気配がしたから、首を戻し、目の前を見た。

「そんなわけないじゃん。ちょっと買い物行ってただけだよ。なんで？」

「なんでって……わたし昨日、出てけって言ったし」

「そりゃ言われたけど、だからって何のお礼も言わずに出て行かないよ。そもそもおれ瑚春に何言われようと出て行くつもりもなかったしね。ていうか、おれ買い物に出掛けますって書き置き残してきたはずだけど」

「知らない。そんなの見てない」

「小さなレシートの裏じゃなくでかい紙に書くべきだったな。探したんだけど瑚春ん家チラシもねえんだもん」

冬眞がふたたび前を向き歩き出す。わたしはのそのそと、その背中を追いかける。粉雪が、鼻の上にちょんと乗った。冷たいという感覚すらよくわからないまま、水になって消えた。

「瑚春の誕生日プレゼントを買いに行ってたんだ」

聞いてもいないのに、冬眞が話し出す。

「明日だろ、誕生日。プレゼントはこのビオラ。おれの好きな花なんだけどね。綺麗なの売ってる花屋さん探してたら、朝早く出たのにこんな時間になっちゃった。知らない街で楽しいから、他にも道草食ったせいでもあるけど」

「なんで知ってんの、わたしの誕生日。日にちまで店長に聞いてたわけ」

「いや、写真」

冬眞が短く答える。ああ、と、わたしは、家にある一冊のアルバムを思い出した。

「誕生日パーティーかなんかの写真があっただろ？　あれに日付、付いてたから」

「そんなとこまで見てたんだ」

「気が利く男だからな、おれは」

わたしとハルカの誕生日の写真を、毎年一枚ずつ、あのアルバムに挟んでいた。大きいケーキに、ふたりの歳の分のロウソクを挿して、それを囲みながら家族で笑っている写真。

「冬眞」

「ん？」

「なんでわたしが居るところがわかった？」

冬眞は振り返らない。空と同じ真っ黒い髪の毛の向こうから、白く吐き出された息が見える。

「言ったろ、瑚春がどこに居たってわかるって。呼んでくれたら迎えに行くよ。バラの花束抱えてさ」

「呼んでないし。それに持ってるの、バラの花束じゃなくてビオラの鉢植えじゃん」

「細かいことは気にすんなよ。残ったお金全部使って買ったんだよ」

坂道は緩やかで、少しのぼると丘の下の街並みが見下ろせるようになる。たくさんの灯りの中、そこに落ちていく真っ白い雪は、幻想的で、とても美しく思えた。

「なあ、瑚春」

冬眞の声がわたしを呼ぶ。わたしは答えない。だけど、目の前で揺れる癖のある黒髪を、粉雪の中で見つめている。

「瑚春に言わなきゃいけないことがある」

坂道は、上に行くにつれ急になっていく。そこに必死でしがみ付いている小石を冬眞の足がこつんと蹴る。小石は、ころころと先へ転がって行き、だけどある程度のぼったところで勢いを落としてこちらに向かって転がって来た。それを今度はわたしが蹴る。さっきよりも速く坂をのぼった小石は、途中で斜めに逸れて、ガードレールの下の雑草の中へと入って行った。

雪が、少しずつ本降りになってくる。冬眞の吐いた白い息が、落ちてくる粉雪と色を混ぜた。

「おれは、瑚春のことを知らなかった。あの日、あんたを見つけるまで」

それは昨日も聞いた言葉だった。わたしのことも、両親のことも、ペンダントの本当の持ち主のことも知らないと。

わたしの手を握る冬眞の指先に少し力が籠もる。

「だけどおれはずっと、瑚春を探していたんだ」

ずっと。と、ひと言だけ、冬眞は繰り返す。

何を言っているのかわからなかった。だけど答えを求めるように顔を上げても、冬眞はわたしを振り返らない。ただ暗い夜の空を仰いで、でも、見ているのは、そこじゃないどこかのような気がした。

坂道が終わり丘の上。平坦な道に着いても、冬眞はわたしの手を離さない。

「瑚春、前におれに言ったよな。この世界がどれだけ汚くて暗いか知ってるかって。知らないって、おれは答えた」

覚えている。思っていたとおりの答えだったから、きっとこいつの見てきた世界はわたしとは違うのだと、そう思っていた。

「でもね、瑚春」

小さなロータリーを抜け、アパートへ続く最後の道を歩く。モダンな造りの門が見えている。その向こうには、わたしたちの家がある。

「あの答えは、半分本当だけど、半分嘘なんだ。おれは、瑚春に嘘を吐いた」

そのとき一度だけ、冬眞がわたしを振り返った。足を止めることはしなかったけれど、本当に束の間、冬眞の視線とわたしのそれが交ざり合う。

冬眞は笑っていた。本当に優しく。そこにはきっと、慈しみの感情以外は何もないのだろう。ただただ何かを愛おしむように、冬眞はわたしを見て、笑っていた。

「おれはね、ずっと、この世界を恨んでいたんだ」

もう一度前を向いた冬眞は、もうすぐ家に着くというのに、雪で冷えたわたしの手を掴み直した。

冬眞の声は言葉とは裏腹だった。どこまでも穏やかな優しい声だった。きっと今も浮かべているであろう表情と同じに。その声で聞いた冬眞の言葉は、冬眞の心についてなにひとつ踏み込もうとしていなかったわたしには、すべてが、思いもよらないことだった。

「どれだけ綺麗なものも汚く見えて、何ひとつ鮮やかに感じられなくて、神様なんて居なくて、幸せはどこにも見当たらない。おれはずっとそう思ってた。なんでおれがって何度も叫んで、でもそんなもの誰も聞いていなかったし、聞いていたとしても結局何も変わらないってこともわかっていたから、余計辛くなって勝手に苦しんで。泣くことも億劫で、そのうち怒ることもやめて、生きてるだなんて大層な言葉を使えないような、ただ時間が過ぎるだけの毎日を過ごしていたんだ。そのときのおれにとって、未来を考えることは何よりも恐ろしいことで、だからずっと目を瞑っていたし、耳を塞いでた。昨日が消えて、景色が変わって、何もしないのに勝手に明日を迎えることが、本当に嫌で、本当に、怖かったんだ」

アパートの門を抜け、吹き抜けの植木を通り過ぎる。階段をのぼり廊下の奥、ＬＥＤの電球の真ん前の部屋。ずっと繋いでいた手が離れて、冬眞がドアを開ける。中は暗いけれど、遮光カーテンのない窓の向こうから入る遠くの街の灯りが、微かに部屋の様子を浮かび上がらせている。

先に入った冬眞が、ビオラの鉢植えをテーブルに置いた。わたしは電気も点けないまま、ぼんやりと薄闇に浮かぶその姿を見ていた。

目を、離せなかった。魅入る、という言葉は少し違うかもしれない。綺麗だったからとか、そういう理由で目を離せなかったわけじゃない。

ただ、雪の降る景色の中に在る冬眞の姿が、どうしてかわからないけれど、似ても似つかないきみの姿と、ふいに重なって。

月明かりで輪郭が白く光る髪は、真っ黒い癖毛。

――きみの髪は、栗色のストレート。

細い体は、わたしよりも頭ひとつ分以上高くて。

――きみの目線は、もう少し近かった。

どこも似てやしないのに。きみとは全然違うのに。その後ろ姿が、会いたくて会いたくてたまらないきみと、同じような気がして。

窓の外を向いている冬眞の細身の背中。わたしは視線を移せないまま、静かにそれを見つめていた。

と、突然、その背中が素肌になった。

「え」

と驚くわたしを置いて、モッズコートと、その下に着ていた薄手のニットセーターが順にベッドの上に捨てられ、隠すものの何もない、白い肌がわたしの前に現れる。

「ちょ、ちょっと、何してんの」

初めて見た冬眞の体は本当に細くて、体の軸になる部分がきちんと成長しないまま、背だけ一気に伸びてしまったように思えた。だけどそれは、やっぱり男の人の体で、骨張った首筋も、背中のラインも、引き締まった腕も、けしてわたしにはないものだ。

「瑚春」

冬眞が振り向いてわたしを呼んだ。びくりと体が反応して、一歩後ずさりかけるけれど。わたしの視線も、動きも、そこで止まる。

「何、それ」

雪の降る景色、遠くの街の灯りに照らされて浮かぶ冬眞の胸には、わたしと同じガーネットのペンダントが下がっていて、その下に、胸の真ん中を縦に裂くように、大きな傷跡があった。随分と古いもののようだ。けれど、恐らく、一生消えることのない痕。

冬眞はじっと黙って、静かな目でわたしを見下ろしていた。わたしはそれに吸い寄せられるように、一歩、一歩、冬眞に近づく。

目の前に立ったところで、冬眞の手がわたしの手首を掴んだ。わたしはそれを拒むことはしなかった。持ち上げられた手のひらが、冬眞の胸に当てられる。そこから伝わるのは三十六度の体温と、心地よい一定のリズム。

トクン、トクンと静かに鳴る、生きている、証の音。冬眞の心音。

「ねえ瑚春」

冬眞は、胸に当てたわたしの手の甲を包むように、その上に自分の手を重ねた。

「ここに、何があるかわかる？」

生温い感覚と、手のひらを打つ、小さな響き。

「冬眞の、心臓」

確かに聞こえる、生きている音。耳ではなく、肌から伝わるその音は、わたしの胸の中と同じリズムで鳴っている。

「違う」

冬眞は首を横に振る。

「前に言ったろ？　ここにはおれの心臓はないって」

「でもちゃんと動いてるよ。鳴ってるよ、心臓の音」

「うん。でもこれは、おれの心臓じゃない」

冬眞の手がわたしから離れた。わたしもゆっくりと手を下ろして、ふたつの体は、
確かに離れる。もう体温は伝わらない、体の奥の鼓動なんてなおさら。なのに、今もずっと、その音が、耳元で聞こえている。

「おれの心臓は、生まれつき欠陥品だった」

冬眞が静かに口を開いた。雪の降る冷たい夜によく似合う、穏やかな声だった。

「少し形がおかしくて、ときどきまともに機能しないんだ。そういう病気。運動はできないし、食べ物にも結構気を使わなくちゃいけない。だけどどれだけ気をつけてても、突然死ぬこともある。物心ついたときからそうだった。薬でも、手術でもきちんとは治せなくて、二十歳まで生きるのは無理だって、そう言われてた」

冬眞の口調は、そんなことを話しているのに少しも苦しさなんて滲まなくて、まるで他人の話みたいに聞こえた。だけどそれは確かに、わたしが知ることのなかった冬眞の歩いてきた道だった。

「馬鹿みたいに最悪な人生だった。他の子たちみたいに外で遊ぶこともできなくて、なのにすぐに倒れて、気づけばしょっちゅう病院のベッドで寝てた。見慣れた白い天井を見るたびに思うんだ。おれはなんでここに居るんだろうって。なんで生きてるんだろうって。こんなふうに、いつ死ぬかもわからなくて、やりたいこともできなくて、そんなの生きてるなんて言わないのに」

窓の外の雪が、少し強くなってきた。このまま夜に降り続けるなら、明日の朝には、薄く積もっているかもしれない。

「まわりには、いい人たちがたくさん居たよ。両親とか親戚とか、少ない友達とか、生まれたときから診てくれてる主治医さんとか、みんな本当にいい人たちで、おれを支えてくれて、励ましてくれて、おれのためにものすごく頑張ってくれてた。だけどおれはね、その場では取り繕って笑うんだけど、心の中はいつもぐちゃぐちゃだった。みんなに感謝の気持ちはあるのに、それ以上の思いが強すぎて。誰に何を言われても、本気で笑ったり、泣いたり、怒ったりっていうのができなかった。体の中から、そういう生きていくのに大事な部分がすっぽりなくなっちゃったみたいに。だってどれだけ頑張ったっておれはもうすぐ死ぬんだ。言葉とか、優しさみたいなもんで人は救えない。祈ったことは一度もなかった。だって、そんなことをして誰が何を救ってくれる？　神様なんてろくなもんは、この世界にはどこにも居ない。奇跡だって起きっこない。この世界はいつだって、絶望以外の何も与えない。おれは、いつもひとりで真っ暗な道を歩いてた。どこに向かっているのかわからないけど、どこに向かってたってよかった。結局辿り着く先は、もっともっと暗くて冷たい場所だってことをわかっていたから。見るもの全部がくすんだ色をしていた。何も綺麗には見えなかった。おれには、この世界で何ひとつ、大切なものなんて見つけられなかった」

言葉の終わりで、冬眞が小さく息を漏らした。痛いくらいに静かな空間に、その微かな呼吸はよく響いた。

呼吸の音は、心音と同じ、今この瞬間を、確かに生きている音だ。

「だけどね」

ほんの少しの沈黙の後で冬眞が言った。一度、ゆっくりと瞬きをしたその瞳には、きっと、綺麗なものしか映ってはいない。

「それまで生きられないと言われていた、二十歳の誕生日。どうにか持ち堪えたご褒美だったのかな。おれは、人生でただひとつの、大切なプレゼントを貰ったんだ」

大切な贈り物。いつか冬眞が言っていたこと。

とてもとても綺麗な表情で、冬眞がわたしに、言ったこと。

冬眞の、世界を変えた贈り物。

「心臓」

わたしの掠れた声の呟きに、冬眞は少し目を細めて、こくりと頷いた。

「うん、そう。おれは、二十歳の誕生日に、心臓を貰ったんだ」

その奥に在るものを確かめるように、冬眞は自分の胸にもう一度手を当てる。大きな古い傷と、今もその奥で鳴っている、冬眞のじゃない誰かの心臓。

わたしの頭の中で、同じように、ドクンドクンと鳴り響く、誰かの、心音。

「五年前の明日。おれの、二十歳の誕生日。おれは自分の心臓を捨てて、空っぽになった場所に新しい心臓を貰った」

触れていないのに音は伝わってくる。

……違う、これは、ずっと、わたしの中で鳴っていた音だ。

ずっと聞いていた。いつも聞いていた。

生まれる前から、聞いていた、音。

「瑚春」

冬眞がわたしを呼ぶ。わたしは冬眞を見上げる。一直線に重なる視線。

冬眞の睫《まつ》毛が、少しだけ下がった。

「心臓を移植しても必ずしも生きていけるわけじゃない。拒否反応とか感染症とか、いろんな危険はたくさん在るんだ。でもおれのこの心臓は、最初に在った心臓よりもずっと、不思議とおれの体に馴染んで、主治医の先生も驚くくらいにすんなりとおれの一部になった。世界が変わったよ。本当に、単純な奴だって笑うかもしれないけど、見るもの全部が違って見えた。世界はこんなに綺麗なんだって、奇跡はちゃんと起きるんだって、大声に出して叫びたいくらいにそう思えた。自分の胸で確かに鳴ってる心音を聞いて、初めておれは生きてるんだって思えたんだ。本当によかったよ。大切な贈り物を……この心臓を、貰えたこと」

冬眞の指先がゆっくりと傷跡をなぞっていく。縦に長い痕、そのちょうど真ん中あたりにあったのが、わたしの片割れの、ガーネットのペンダントだった。

「何もかもがそれまでとは違った。おれは本当に幸せだった。毎日が楽しくて、新鮮で、明日が、待ち遠しくて」

冬眞の大きな手が小さな赤い石をそっと撫でる。そこで初めて、冬眞は少しだけ表情を歪めた。

「なのにね、おかしいんだ。ときどき、なんでか無性に悲しくなるときがある。いや、悲しいっていうのは違うかな。すごくね、心配なんだ。おれのことがじゃない、誰かのことが。誰だかわかんないけど、誰かのことがすごく心配で、不安で。心臓がぎゅってなるんだ。それは壊れてた前の心臓が変な動きをしたときよりもずっと痛くて辛かった。苦しいんだ、不安なんだ。おれはすごく幸せで、もう何ひとつ心配なことも悲しいこともないのに。なんでなんだろう。誰かが、どこかでひとりで涙を流せずに泣いている気がして。誰かが、ずっと〝おれ〟を、呼んでいるような気がして」

――鳴っている。

『コハル』

頭の中の心音が、どんどん大きく鮮明になっていく。

それと一緒に、わたしの名前を呼ぶ声が、する。

「それがなんでかずっとわからなかった。誰が呼んでいるのか、なんでそんな気がするのか。だけどそのうち、ひとつだけ気づいた。その誰かが呼んでいるのはおれじゃない。〝ここ〟に居るひとのことだって」

胸に当てた手をペンダントを包みながらぎゅっと握って、冬眞はその奥にあるものを示した。今も命を刻んでいる真ん中の、冬眞の胸で鳴る、誰かの心臓。

「会いに行こうと思った。会わなきゃいけないと思った。でもおれじゃ、その誰かを見つけられるわけがない。おれがおれであっては絶対に見つけられないんだ。〝おれ〟を呼んでいる誰かは、〝ここ〟に居るひとじゃなきゃ見つけられない。だって、ずっと呼ばれているのはおれの名前じゃないから。だからおれは、この体以外の、おれがおれである証をすべて置いて家を出た。おれはただの容れ物なんだ。それでいい。もうとっくに中身を捨てた空っぽで、だから今ここに在るものが、何よりも大切で。その大切なものがどこかに向かおうとしてるんだ。どこかに行きたがってるんだ。だからおれは行かなくちゃいけない。」

「……」

「行く当てなんてなかった。どこに向かっているのかもわからなかった。だけど、ずっとずっと、どこかに向かって進んでいて、辿り着いた、この街で。おれは瑚春を見つけたんだよ」

冬眞が笑う。

その表情を見つめる奥で、いつかの記憶が流れて行く。

暗闇の中で、小さくうずくまって、ひたすらに心の中できみの名前を呼んでいたこと。怖くて、不安で、泣きたくて泣きたくて、だけど涙は流さなかったこと。きみが見つけてくれたこと。どこにいたって、きみは捜してくれたこと。わたしを呼んでくれたこと。きみのおかげでいつも大きな声で泣けたこと。そして一緒に、笑ったこと。

「なあ、瑚春」

目の前の冬眞の手が動く。赤い石から離れたそれは、ゆっくりとわたしに伸びて、髪と、首筋と肩と、頬に触れた。確かめるように。ここに居ることを。わたしがここに居ることを。

「〝おれ〟は、あんたを捜していたんだ」

ずっと、ずっと。

五年前のあの日から。

明日。明日はわたしの誕生日。わたしが生まれた日。わたしが、誰かと一緒に生まれた日。特別な日。

五年前の明日は、特別な日の、もっと特別な日。わたしと誰かが二十歳になる大切な誕生日。

五年前の明日は、生まれて初めて、その誰かが、わたしの隣に居なかった日。

今日は、誰かの命日。

五年前の今日は、ハルカが死んだ日――

「冬眞」

震えていた。声も指先も心も全部が。体中が、震えていた。

「瑚春、もうわかってるだろ」

自分の意思じゃ動かせない指先を、冬眞が掴んで、もう一度傷のある胸元に寄せた。

冷え切った指先に触れる熱い体温が伝わってくる。

それから、トクン、トクンと打つ、静かな鼓動も。

「ここに居るのが、おれに心臓をくれたのが、誰なのか」

――そうだ。この音。とても安心する心地いい音。わたしを落ち着かせてくれることの音は、生まれる前から聞いていた、ずっとずっとそばに居た。

きみの音。


「ハルカ」


小さな、声だった。でもきみに届いただろうか。

届いたよね。こんなに近くに居るんだ。音が聞こえちゃうくらいに近くに。

こんなに、こんなにそばに、きみは居たんだね。

目の前の自分の指先が見えなくなった。指先どころかすべてが滲んで不鮮明で、おまけにこめかみと喉が痛くて、噛み締めたくちびるの隙間から変な声が漏れた。頬を何かが下りていく。それがぼたぼた床に落ちる音がする。

「瑚春」

冬眞の指が頬を撫でて、何度も何度も撫でて、だけどそれが撫でているんじゃなく、拭っているんだと気づいて、それから自分が涙を流していることを知った。

生温い感覚。懐かしいこれをずっと忘れていた。思い出せる場所を、ずっと、ずっと、待っていた。

「ハル、カ」

「ああ。ここに居る」

「ハルカぁ……」

「ずっと待っていたんだろ」

そう、ずっと。きみが居なくなった日からずっと、きみの名前を呼んでいた。きみに届くまで。きみに見つけて欲しくて。

きみを、ずっと、待っていた。

「ハルカ」

ねぇハルカ。見つけて欲しいなんて、そんなことを言って、わたしはまたひとりで勝手に見つけづらいところに潜り込んでいたんだね。わたしの声はいつだってちゃんと、きみに届いていたのに。

「コハル」

ぎゅっと冬眞の両腕が全身を包んだ。背の高い冬眞の、ちょうど胸の高さにわたしは顔を寄せる。そこは心臓のある場所。当てた左耳から、直接、きみの音が聞こえる。

「好きなだけ泣いていいよ、コハル」

優しい声が降る。もっともっと近くで聞きたくて、ぎゅっと、細い背中を抱き締める。

「めいっぱい泣いてよ。今まで我慢してた分も全部。全部全部泣いたら、今度は一緒に、笑おうね」

きっと為す術はない。だっていつものことなんだ。どれだけ我慢していたって、ハルカがそばに居るとわたしは泣いてしまう。

泣かないと決めても、ハルカに心配を掛けないように、泣かないくらいに強くなろうと思っても。

「……っ……ぅあ……」

わたしは結局いつも泣いてしまうんだ。

喉が裂けるくらい、何度も何度も。

いつまでも。長い間ずっと溜めてきたものを。きみに返したつもりで必死に隠してきたものを。

全部涙にして、流した。

ひとつも残らないくらい、笑えちゃうくらい。

わたしは大声で泣いた。

「春霞はずっと捜していたんだ。瑚春をずっと。死んだくらいで離さないよ。ただひとつの大切なものを」

泣き叫ぶ声の向こうで静かな声がする。

「聞こえてる？　おれの心臓、今、すごく落ち着いてる。安心してるんだ、瑚春がちゃんと泣いているから」

聞こえている。鳴っている。わたしの耳に届いている。

「こんな姿になっても、春霞はずっと瑚春のことを思ってるんだ。瑚春がひとりでいると心配だ。泣くのを我慢してると心配だ。前を向いて歩けていないと、苦しいくらい、心配だ」

いつもそう。わたしはそうやってきみに心配ばかり掛けて。

「それから、幸せでいてくれると、すごく、嬉しい」

きみに、幸せになって欲しくて。

そっか、そうだねハルカ。わたしはきみに、たくさん泣いて欲しかった。たくさん笑って欲しかった。たくさんたくさん、ずっと、誰よりも、幸せであって欲しかった。だって大切だから。きみが、誰より何より大切だから。

きみが泣くなら抱き締めてあげる。きみが笑うなら一緒に笑う。きみが幸せなら、わたしは嬉しい。

一緒だね。ハルカもそうなんでしょう。わたしが泣けていないと心配なんでしょ。笑って欲しいと思うでしょ。幸せであって欲しいって、心から、思うんでしょう。

ごめんね、ごめんハルカ。わたしはまたきみに心配を掛けさせてしまったね。わたしはまたひとりで道に迷っていた。見つけにくい場所にいて、暗いところで蹲っていたわたしを、きみはいつだって、捜してくれていたんだね。

「瑚春も辛かったんだろ。ひとりで真っ暗な道に立ってたんだよな。ずっと、見つけてもらうのを待ってたんだ」

「ハルカの名前を、ずっと呼んでた」

「そうだな」

「見つけて欲しくて、何回も、呼んだ」

「ああ。全部、春霞には聞こえてた」

抱き締められていた腕がふっと緩む。少し距離の開いた先に見えた冬眞の顔は、いつもと同じにとても優しく笑っているけれど、長い睫毛の先が少しだけ光っているのに気づいた。

冬眞も泣いたのかな。ハルカの代わりに泣いてくれたのかな。だったらきっと、ありがとうってハルカは言ってる。

『おれの代わりに泣いてくれてありがとう』

笑いながら、そう言ってる。

「おれはね、春霞のために、春霞の意思でここに来た。瑚春に出会って春霞が瑚春を捜していた意味がよくわかって、そばに居なきゃって思ったんだ。でもね、今はそれは春霞だけじゃなくおれ自身の意思でもある。おれが、瑚春のそばに居たいと思う。瑚春にたくさん泣いてたくさん笑って欲しいと思う。瑚春の隣に春霞が居た頃みたいに、瑚春がいつだって幸せであればいい。おれ自身が、心からそう思うんだ。ねえ瑚春」

冬眞の手がわたしに触れる。さっきみたいに確かめるように、髪に触れて、肩に触れて、頬に触れて。それから、赤い石の付いた、左耳にも、触れて。

「瑚春はいつだってひとりじゃないよ。こんな世界に誰も居ないなんて思わないで。いつでも瑚春だけを思っている人が居る。瑚春の幸せを願っている人が居る。これまでも、今も、瑚春のことが大好きだ。これから先も、ずっとずっと、いつまでも、いつか、コハルが忘れても。ずっとそばに居る」

またひとつ、ぽとりと目から滴が落ちる。それに続いて落ちようとした粒を、冬眞の人差し指が掬い取った。その涙はきっとさっきまで大声で泣き叫んでいた涙とは違うものだ。長い間溜め込んでいたものじゃない。今のわたしが流した涙。

最初からわかっていたじゃないか。ハルカがわたしを見捨てるはずがないことも。冬眞が、偶然ではなくわたしを見つけて、ハルカと同じにめいっぱいの愛情をわたしにくれていたことも。

ハルカの手を、捜して伸ばしたわたしの手。ハルカが導いて、冬眞が掴みに来てくれた。

拒んでいたつもりで、でも離すことなんてできるはずないのは、その温かさがくれるものを、忘れたことなんてなかったからだ。

「コハルはひとりじゃないんだ。もう怖くない」

ねえ、ハルカ。やっぱりわたしは馬鹿だよね。ずっとひとりだなんて思って、くだらない意地を張って。臆病なだけだったんだよ、ただの強がりな。ひとりじゃ何にもできないくせに、ひとりで何でもできるって思い込もうとしてた。

「だから、どこまでも、真っ直ぐに」

なんてことはない。わたしはいつだって、ひとりきりじゃなかった。

「生きて、瑚春」

第七章

花の在る場所 The last day

『どうか、元気で』

地元を走るローカル電車は今も田舎丸出しの真っ赤な車両だ。二両しかないのに座席は空いていて、椅子の間をコーヒーの空き缶が転がって行く。

このローカル線に乗り換えた町は少なからず賑わっていたけれど、電車が駅に停まるたびに町並みはどんどん田舎くさくなっていった。住宅のそばを通っていたはずの線路はそのうち山に挟まれるようになって、一度また家が増えたけれど、それもぽつぽつと順調に減っていく。景色に田んぼが急に増えたあたりからは、わたしも知っている名前の土地だった。

「瑚春の住んでた町までは、あとどれくらい？」

冬眞が、膝に置いていたバスケットからサンドウィッチを取り出して、わたしにくれた。具は玉子だけのシンプルなものだ。

「あと三十分くらい。海のほうまで行くから」

「そっか。駅からは近いの？」

「ちょっと歩く。でも、そんなに遠くないよ」

サンドウィッチを食べようとしたら、電車が大きく揺れて舌を噛みかけた。古い車両に古い線路、乗り心地は快適とは言えない。空き缶がまたころころと後ろのほうに向かって転がって行く。じっと目で追っていたら、一緒に乗っていたお客さんが拾って、次の駅で降りるときにそのまま持って行ってくれた。

家に帰ろうと決めたのは、わたしだった。ずっと帰れなかった——もう帰ることはないと思っていたあの町へ。

怖くて、見ようとしていなかっただけなんだと気づいた。ただの、泣き虫で意地っ張りなわたしの強がりだったんだと知った。ハルカと過ごしたあの町は、わたしにとってどこよりも特別な場所だったのに、わたしはただ怖くて、逃げていただけだったんだって。

でも、今なら、帰れるような気がした。ちゃんと向き合って、いろんな〝思い出〟を思い出して、ハルカにきちんと「さよなら」と「ありがとう」を言えるような気がした。

だけどもちろんこんなに早くとは思っていなかった。帰ろうと決めたわたしに明日行こうと言ったのは冬眞だ。

『そういうのは、時間とか準備とか、必要ないんだ』

そう言って冬眞は今日の朝、勝手に早起きをして、お弁当を作って、とんでもなく早い時間にわたしを叩き起こして、無理やり着替えさせて。わたしはまだ眠気まなこで、何が何だかよくわからないまま、とりあえず冬眞の手に引かれて歩いて、商店街の近くの駅から朝一番の電車に乗った。昨日降っていた雪は夜の間にやんだみたいだ。積もっていたら電車が動かなかっただろうから、やんだことはよかったけれど、雪景色が見られないのは少し残念でもあった。

地元の駅までは、在来線で二回電車を乗り継いで、片道だいたい四時間かかる長旅だ。その間、昨日寝るのが遅かったわたしはほとんど眠っていたけれど、冬眞はずっと起きて、わたしに肩を貸していてくれた。

二回目の乗り換えの後、地元のローカル線に入ってからはさすがにすっかり目は覚めた。ときどき大きく揺れる窓の向こうが、少しずつ懐かしい景色に変わっていくのを、じっと眺めていた。

「そうだ、瑚春。これ」

冬眞がわたしの手を掴んで、上を向いた手のひらに何かを置いた。ひやりと冷たい感覚に軽く驚きながら見ると、それは昨日壊れてしまったわたしのペンダントだった。

「直ったんだ、これ」

「金具が歪んで外れてただけだったよ。戻したけど、でもそろそろ新しいものに替えたほうがいいかもね」

「替えなきゃだめ？」

「そりゃあ、もう結構古くなってるから」

チェーンは、変色しにくくて切れにくい、丈夫な素材で作ってある。だけど、新品の頃の光沢はすっかりないし、結局外れて壊れてしまった。

「ちゃんと時間が進んでる証拠だ。止まってるもんなんて、どこにもない」

ペンダントをもう一度首から下げる。金具を留めるのに手こずっていると、冬眞が笑いながら「貸して」と言って、わたしの代わりに留めてくれた。

「冬眞は、どうしてそれ、持ってるの」

随分端折った言い方をした。だけど冬眞には伝わっていた。

「瑚春のご両親がくれたんだ。もちろん、直接じゃないけど」

モッズコートの襟元から取り出された、長いチェーンにぶら下がったそれ。わたしの首から下がっているものと同じような不細工な形のガーネットのペンダント。

「いつだったかな。コーディネーターさんから話があってね。おれに心臓をくれた人がずっと大事にしてたものを、おれに持っていて欲しいって、ご家族の方から連絡があったって。本当はこういうのって禁止されてるんだよね。でもね、おれも持っていたいと思ったから、お願いしますって、内緒で譲ってもらったんだ。今はおれも、これがすごく大事な宝物」

同じのがあるとは知らなかったから瑚春も持ってたときはさすがにびっくりしたけど。冬眞はそう言って、小さく笑う。

「でも、瑚春の胸元のこれを見つけたときに確信したんだ。おれの胸にいる人が捜している人は、やっぱり瑚春だったんだって」

ハルカが死んだあの日から、わたしはハルカのペンダントがどこに在るかを知らなくて、なんとなく勝手に両親が保管しているものと思っていた。だけど、父も母も、もっと大切にしてくれる人へ、本当に在るべき場所へ、ちゃんと戻してくれていたらしい。

「瑚春に返したほうがいい?」

「ううん。あんたが持ってて。たぶんそのほうがいい」

「わかった、ありがと。でもさ、素敵なご両親だね。本当に、瑚春のことも春霞のことも、大切なんだ」

うん、そうなんだ。わたしたちはとても大事に育てられた。愛情を一杯貰っていた。父も母も、誰よりも何よりもわたしたちのことを思っていた。そんなこと、ちゃんと、知っていたはずなのに。

昨日の夜、なかなか寝つけなくて、だから布団に潜りながら、冬眞がしまってくれていた両親からの手紙を読んだ。消印の古い順から全部。

三十八通あった手紙は、ほとんどは母が書いて、ときどき父の字もあった。大抵が、便箋一枚程度の短いものだった。大したことは書いていなかった。ちょっとした会話みたいな、そんな何気ないことばかりだった。

両親は、誰にも何も言わず出て行ったわたしのことが心配で、無事だけでも確認しようと、居場所を探し出したらしい。だけど、きっと会いに行くことをわたしは望んでいないから、わたしの元に行くことだけは我慢していたんだそうだ。無事ならそれでいいと。きっとまだ、笑って毎日を過ごせてはいないかもしれないけれど、それでもいつかもう一度、前を向けるはずだから、そのときまで見守ろうと。両親はあの町で、わたしのことを待っていた。

『一方的な手紙だけは許してね』

何通目かで、そう書かれていた。会いには行かない。手を貸さず、遠くから見守ると決めた。だけど、伝えたいことがありすぎて、それはどうしても抑えられないから、言葉に書いて送ることだけは、どうか、許してと。

『瑚春へ。

ちゃんとごはんを食べていますか？

どうせ朝は食べていないんだろうけれど、朝ご飯を抜くと元気が出ないから、少しでもいいから食べるようにしなさい。

朝準備するのがめんどうなら、夜のうちに用意しておくこと。でも、最近は暑くなってきたから、あまり長いことなまものを置いておかないようにしなさいね。

こっちではそろそろ海開きの前のお祭りが始まります。お父さんは町内会の人たちと町の飾りつけでいつも帰ってくるのが遅いです。大変そうだけど、でもいつも楽しそうにしています。瑚春と春霞も、小さい頃はよく手伝っていたからわかるでしょ。このごろは、昔よりも随分活気が出てきたから、気が向いたら戻ってくるといいよ。

母より』

『瑚春へ。

お友達はできましたか？

瑚春は春霞と違ってすぐに人見知りをするから、その辺ちょっと心配です。あと、良い人も見つかっているといいけれど。瑚春が変な人を彼氏にするたびに春霞が悩んでいたこと、お母さんちゃんと知ってるんだからね。

遅くなったけれど、春霞のお墓を建てました。

桜山《さくらやま》地区にある、できたばっかりの海の見える丘陵地の霊園です。場所はわかるよね？　すごく広くて、綺麗で、いいところです。春霞はこういうところ好きだろうなと思って、そこにしました。合ってるかな？

瑚春も行ってみてね。

母より』

『瑚春へ。

昨日お母さんと一緒に春霞のお墓まいりに行ってきたよ。まだ霊園自体ができたばっかりだから、あんまりお墓は建っていなくて、春霞のだけがぽつんと寂しそうでした。

春霞はたぶん、おまえのそばに行ってるから、ここにはいないと思うけど、でもいくらなんでも寂しすぎたから、お墓のまわりにたくさん花の種を蒔いてきました。この花が全部咲けば賑やかになるから、きっとここも楽しい雰囲気になるね。もちろん、霊園の方には内緒だけど。怒られたらどうしようね。まあ、そのときはそのときだ。

年明けには咲くと思うから、今からもう、楽しみです。

お父さんより』

『瑚春へ。

春霞のお墓の花が咲きました。

この花は、春霞が瑚春の誕生日プレゼントに買ってた花から取れた種で育てました。

そういえば、瑚春は聞いてなかったかもしれないけれど、春霞はあの日、どこかのお花畑に行くって言ってたんだよ。いつか瑚春が行こうとして行けなかった場所だって。お母さんはどこのことかわかんなかったけど、瑚春は知ってるのかな？　たぶん、あのお花は、そこで摘んできたお花だったんだろうね。瑚春は見られなかったけど、すごく綺麗だったんだよ。

その花の子どもがね、今、たくさん咲いてるから、見てあげてね。

母より』

そういえば、わたしがハルカへのプレゼントに用意したビオラはどうしたっけ。まあ、そんなことはどうでもいいか。大したことじゃないんだ。だってそれよりも大事なことがたくさんある。ハルカがわたしにあの場所の——丘の上の花畑の花を、あの特別な誕生日の贈り物に選んでくれていたこと。この手紙を読むまで、わたしはそんなこと知りもしなかった。

変な繋がりだよね。わたしたちはどこも似ていないのに、変なところだけやっぱり同じなんだ。わたしが考えていることは大抵きみも考えていて、わたしが好きなことはきみも好きで、わたしの大切なものは、きみにとっても大切なものなんだ。わたしはきみで、きみはわたし。わたしたちはずっと、ふたりでひとつだったんだ。ねえハルカ。わたしたちは確かに違う人間で、きみが死んでもわたしは死なないし、きみの時間が止まっても、わたしはどんどん速く過ぎて行く時間の流れに乗せられていく。だけど繋がっている。どこまでもずっと、互いが見えなくなっても、いつまでも、わたしたちは繋がっているんだ。見えないもので、深く、長く。

がたん、と電車が大きく揺れる。しわがれた声の車内アナウンスが、よく知った駅名を告げた。駅員さんの姿が見えない、ホームも改札もふたつしかない、小さな地元の駅。

ゆっくりと電車が速度を落としていく。古い車両はブレーキを掛けるたびキィーッと耳障りな高い金属音を鳴らす。冬眞が荷物をまとめて立ち上がる。わたしは、目の前に立つ冬眞の、胸に下がる赤い石を見上げた。同じに見えるけれど、わたしのとは少しだけ違う形の歪なペンダント。

「わたしのと、それ、本当はふたつでひとつなんだよ」

「うん」

「対になってるの。ちゃんとね、重なるんだよ」

「うん」

「ハルカがくれたの。子どもの頃の誕生日に」

「そっか。大切なものだね」

「目印なんだよ。どこに居たって見つけられるように」

「だから見つけられた」

降りるよ、と伸ばされた手を掴んで。わたしは立ち上がり、見慣れた、懐かしい場所へ、五年ぶりに戻って行った。

わたしが町を出た五年前は、まだ桜山地区の丘陵地に霊園なんてのはできていなかった。今思い出すと、できるという話はあった気がするけれど、まだ実際の工事は始まっていなかったはずだ。

「その桜山地区のお墓ってのは、歩いてどのくらいなわけ？」

「四十分くらいじゃない？　隣町の隣町だから、遠くはないけど、あんまり徒歩では行かない距離だね」

「まあ、瑚春にとっては懐かしいし、おれにとっては新鮮な風景だから、ゆっくり景色を眺めながら進もうよ」

懐かしい景色、本当に。何ひとつ変わっちゃいない。降りた駅は相変わらずオンボロだったし、アスファルトはひび割れていて、海の見えない場所でもほのかに潮の香りがする。人は少ないけど、みんな温かい、いい町だ。

「家には行かないの？」

「わからない。とりあえず先に、ハルカのお墓に行きたいし」

「もしご両親に会うならおれも一緒に会っていい？」

「絶対やだ」

「なんで」

「お婿さん連れて来たと思われるから」

そんな勘違いをされたら困るし、非常に面倒くさい。ハルカの心臓を受け取った相手なら確かにうちの両親も会いたがるだろうけれど、冬眞がその人物だと理解するまでに、たぶん、たくさんの面倒な質問を乗り越えなければいけない。

「いいじゃん、そう思われたって」

「よくないよ馬鹿。あんたなんか嫌だ」

「男を見る目がないな、瑚春は」

「そんなこと、腐るほど言われてきたから知ってるっての」

「なるほどな」

「でもあんたは女を見る目あるね」

「どうも、光栄だな」

冬眞が、高らかに笑う。


近いと思っていた場所でも、歩いて行こうとすると案外遠かったりもする。隣町の隣町なんて近所みたいなものだけど、それは自転車や車で行っていたからであって、本当は結構な距離があったらしい。日本からアラスカに行くくらい遠いと思っていた子どもの頃ほどじゃないけれど、日本からモンゴルに行くくらいは遠い場所に感じてきた。タクシーでも乗ればよかったかな、そう後悔し始めたところで、冬眞が声を上げた。

「この道から、のぼるんじゃないの」

今まで歩いてきた真っ直ぐに続く道路から、一本綺麗な坂道が分かれている。脇には『桜山霊園』と書かれた看板があり、坂の上の方向へ矢印が向けられていた。坂道は、両脇に生える大きな木が自然のアーチを作っていて、なんだか不思議な情緒を醸し出していた。少し薄暗いけれど怖い感じじゃない。隙間から降る日の光が淡く世界を彩って、訪れる人を優しく招いてくれているみたいだ。

「行こうか、瑚春」

一歩先に出て振り返る冬眞に頷いて、わたしは最後の坂道をゆっくりとのぼって行った。

霊園は広くて、いくつかブロックに区切られているようだった。いつかの手紙に書かれていた案内のとおりに行くと、ハルカのお墓の場所は一番上で、そこに辿り着くまでにいくつものブロックを通り過ぎた。お墓が建つところ以外の一面が芝生で、ところどころ石畳が敷いてあり綺麗に整備されている。想像していた古い墓地とは随分雰囲気の違う明るい場所だ。だけどなるほど、確かにまだ建っているお墓は少なく、空いている区画のほうが断然多い。おまけに下のほうから順に埋まっているようで、上に行くほど少なくなっているものだから、一番上にあるハルカのお墓はどれだけ寂しいことだろう。

丘陵地の一番上。長かった坂道の終わりの場所。

最後のブロックへ続く石畳の小道の上で、わたしも冬眞も、息をのんだ。

――一面に広がる、夢のような鮮やかな色。

足元に敷き詰められた、濃い赤や、オレンジや、紫や、黄色のビオラ。囲むように広がる緑の木々と、澄んだ空の青にその色はよく映えて、風が微かに吹くたびに、波のように体を揺らす。

そしてその中央に、花に寄り添われるようにして建っている、深い色の石で造られたお墓。ハルカのお墓。

「ご両親、ちょっとやりすぎじゃない？」

「だね。霊園の人、よく怒らないでいてくれてるよ」

「でも、好きだなあ、こういうの」

花畑の隙間に埋もれて小さな石畳がちょこちょこと敷かれていた。わたしが先を、冬眞が後ろを歩きながら、その上を、ハルカのお墓に向かって進んで行く。

ビオラは、太陽に向かって精一杯花びらを広げていた。こんなに小さいのに、懸命にできる限り大きく伸びて、頑張って、頑張って、それでいて見る人を嬉しい気持ちにさせてくれる。わたしはそんなこの花が、可愛くて、でもすごく、かっこよく思えていたんだ。わたしもそうなりたい。できる限り強くなりたい。だけど頑張っているところなんて知られなくていい。ただみんなが、きみが、笑ってくれればそれでいい。

そんな人に、なりたかった。

ハルカのお墓は、よく見る縦型のものじゃなく、洋式の横に長い形のものだった。

このほうがお洒落で、ハルカによく似合っていると思った。

「ただいま、ハルカ」

こんなところにきみは居ないけれど、形式的にそう言った。おかえり、なんて言葉はもちろん返ってくるわけがない。風の音が響くだけだ。

お墓に花は添えられていなかった。多分まわりにこれだけ咲いているから、この時季には置いていないんだろう。でも、お墓はほこりひとつなくてとても綺麗に磨かれていた。両親がよくここに来ている証拠だった。

お線香なんて上げない、そんな辛気くさいことハルカは好きじゃない。そんな煙焚くくらいならもっと火を点けて焼き芋を焼こうって言うだろうし、お経を読むくらいなら下手な鼻歌を歌ってくれって言うと思う。お供え物もいらない、欲しいものは特にない。きみが来ればそれでいいよって、ハルカは言う。

「瑚春、おれも手を合わせていい?」

お墓の前にしゃがむと、冬眞も横に座った。「いいよ」と答えると、冬眞は小さく笑って、両手をそっと合わせた。わたしも同じように、開いた手のひらを合わせて目を閉じる。真っ暗な瞼の裏、その中で、きみの笑顔が浮かんだ。

もう苦しくはなかった。ちゃんときみに、言いたいことが言えた。

「よし」

声を上げて立ち上がる。振り返ると、遠くの海が見渡せる。いい場所だ。この町は、とても綺麗で温かく、思い出の詰まった大切な場所。

「瑚春、春霞に何を言った？」

「冬眞は何言ったの？」

「ん、おれは、ありがとうと、これからもよろしくって」

「うん、わたしも、そんな感じ」

さよなら、ありがとう。そして、これからもよろしく。

大切なきみへ、大好きなきみへ。言いたくて言いたくて、でも言えなかったことを伝えた。

ハルカ、届いてる？

届いたよね。だってわたしの声は全部きみに届いている。

ちゃんと、いつだって。きみはわたしの声を聞いている。聞こえているんだ。

「冬眞、ありがとう」

「何、急に素直になって、どうしたの」

「言っておくけどこれはハルカの言葉だよ。姉として代わりに言っておかなくちゃと思って」

「お礼なんて。春霞には、おれのほうが感謝してるくらいだよ」

「でもハルカはたぶんあんたにそう言ってる。感謝してるし、あんたにもたっぷり笑って欲しいと思ってるよ。あんたのことを大切にしてるし、きっと、大好きだよ」

ハルカの代わりとかではなく、純粋に冬眞の人生をどこまでも長く歩いて欲しいと思っているだろう。わたしのことを見つけられた今、もうハルカの意思を気にすることなく、冬眞自身の生き方でもっと幸せになって欲しい。きっとハルカならそう願う。

「そっか。うん、そうならいいな。春霞は瑚春と違って、男を見る目があるようだ」

「女を見る目はまるでなかったけどね」

「おれも春霞が大切だよ。でもそれと同じに瑚春のことも大切だ。これは春霞の意思ではなく、おれの思いでね」

「うん。ありがとう」

「それは春霞の言葉？」

「わたしの言葉だよ」

冬眞というひとりの人間に。心からそう思っている。

あんたが居たからハルカとまた会えた。あんたのおかげで、わたしは涙を流せたし、ここに来ることも、しっかり顔を上げることもできた。それは間違いなく、ハルカではなく、冬眞がわたしにくれたものだ。

もしかしたらと思う。もしかしたら、きっと、冬眞はハルカからわたしへの、最後の誕生日プレゼントだったのかもしれない。

「少し摘んでいく？」

冬眞が、わたしの足元のビオラの花びらを人差し指でつんと弾く。

「もともとこれって、春霞が瑚春にあげる花だったんだろ」

「それの子孫ね」

「根っこから掘れば、植え替えられるんじゃないかな」

見上げる冬眞に、だけどわたしは首を横に振る。

「わたしの家には、あんたがくれたやつがあるからいい」

この花はここで咲かせてあげよう。わたしに、生きて行くべき場所があるように、この花たちも、在るべき場所というのがある。

「そっか、そうだな」

彼らにはここで、ハルカのお墓に寄り添っていてもらいたい。わたしにはもうそばに在るから。

「瑚春、これからどうする？」

冬眞が、最後にそっとお墓を撫でてから立ち上がった。わたしは、わたしよりも随分背の高いそいつを見上げる。

「これからってのは、どういう意味？」

「今からの行動ってのもあるけど、もっと長い意味でも」

冬眞の髪が海風に吹かれて揺れる。わたしは一度視線を落とし、丘の向こうの藍色の海を眺めた。海を見るのは五年ぶりだ。あの街に、海はなかった。

「わたしは、これからもあの街に住むよ」

「ここに戻らないの？」

「うん。ここは好きだけど、今はあそこが、わたしの生きる場所」

ここで生きると決めた場所。わたしが選んで、決めた場所。あの街が好きかどうかはわからない。でも、大切な街だ。

「そう。わかった」

冬眞は言った。それから、空のバスケットを持ち上げながら大きく伸びをして、わたしと同じように遠くの海を見つめた。

「おれも帰るよ」

静かな声だった。

いつもどおりの柔らかな、独特の、優しい響きの声だった。

「おれも、自分の住む町に帰る」

「わたしのところ、出て行くの？」

「何、寂しい？」

悪戯《いたずら》気に笑って、冬眞が顔を覗き込んでくる。わたしは少し考える素振りを見せて。

「うん、ちょっと」

「なんだよ、やけに素直だな」

「わたしはいつだって素直だよ」

「嘘吐け。意地っ張りなくせに」

くしゃりと冬眞がわたしの髪を撫でた。大きな手で何度も何度も撫でて、それからいつもどおりの表情を浮かべる。

「大丈夫。いつでも会える。そばに居る」

そう言って、一度だけ、ぎゅっとわたしを抱き締めた。

「会いに来てくれる？」

「ああ。瑚春が呼ぶならいつだって行くよ」

「どこにだって？」

「遠くの星の裏側にだって」

「すぐに来る？」

「飛んで行く」

だから大丈夫。言い聞かせるように、冬眞はもう一度、そう呟いた。

「あと、それから」

「ん？」

「誕生日おめでとう、瑚春」

「うん、冬眞も」

「ああ、ありがとう」


――それは数奇な巡り合わせだった。運命でも偶然でもない。わたしたちが呼び合って答えただけの、たったそれだけの、単純な、ただの奇跡で。

なんてことのない日常のただのひとコマ。お互いの長い人生の幕間のような時間。

きっとなんの意味もなく、そのうち忘れて消えてしまうようないつかの日々。だけどこれが、ずっと先まで続いていく毎日を支えてくれる大切な日々。

きみはいつか本当に、思い出になってしまうんだ。今はまだ無理でも、いつか、自然にそうなってしまうんだ。

でもね、今はそれでもいいと思っている。だってそれは失うこととは違うってこと、わたしもちゃんとわかったから。

　きみはいつだって見守ってくれている。あの頃と変わらずにそこに居る。わたしが見ようとしなかった場所、だけど確かに在った場所。きみがそこに居てくれるなら、わたしはきみの思い出を抱えて、これから先、どこまで続いているかわからない道を、のんびりと、ゆっくりと、きみの分まで歩いていこう。

　大丈夫。少しだけ、道が明るくなった。まだまだ暗いし険しいけど、それでももう怖くはないよ。真っ直ぐ前を見て歩いて行けるよ。

　ときどきは、上を向いて、広い空を眺めたりする。

　ときどきは、下も見て、石ころが転がってないか気をつけて進む。

　迷うこともあるかもね。また立ち止まっちゃうことだってあるかもね。だけどきみがそこから見守っていてくれるなら、わたしはきっとまた歩ける。そして、きみの代わりにわたしの手を引いてくれる人と一緒に、きみと歩いた道の続きを進む。

　どこにだって行ける。わたしはわたしの日々を謳歌しながら、この広すぎる場所で生きて行く。

　そして真っ直ぐな道の先の目的地、きっときみが立っているだろうその場所に着いたら、手を振って、大きな声で、きみを呼ぼう。

　どっちが先に気づくかな。久しぶりにきみに会えたら、伝えたいことがたくさんあるけど。

とりあえず、そうだね。ちゃんと歩いて来られたわたしを「すごいなコハル」って褒めて欲しい。

無理かな、遊びすぎだって怒られるかな。それはそれでいいや。だってどっちにしろ、たぶんきみは笑っている。

その日が楽しみだ。いつになるかわからないけれど、きみも楽しみに待っていて。

大丈夫、何度も言うよ、怖くはない。

知ったんだ。わたしはいつだってひとりじゃない。

泣いて、苦しんで、傷ついて、立ち止まって。

だけど笑って、笑って、生きていく、毎日を。

わたしはこれからも精一杯歩いて行こう。

いつかまた、きみに会える日まで。

大切な人と一緒に、きみに笑顔で、会いに行けるその日まで。

『ほら、笑えたでしょう、コハル』

あとがき

はじめまして、こんにちは。沖田円と申します。この度は『春となりを待つきみへ』をお手に取っていただき、ありがとうございます。

スターツ出版文庫創刊一周年という記念すべきときに三冊目を出版することができました。本作の舞台は旧題の『ガーネット』が示すとおり一月なのですが、出版時期が作品内の季節に合ったことも嬉しく思っております（と言ってももちろん、一年中いつ読んでもらっても大丈夫です。真夏でも大歓迎です！）。

ガーネットという石はメジャーなので知っている方も多いと思います。作中、瑚春にボロクソ言わせてしまいましたが、実際のガーネットはとても神秘的で美しい石であり、わたしも大好きな貴石のひとつです。気になった方は、お出かけの際にでもこそっと宝石屋さんを覗いてみてください。実物は本当に綺麗です。

本作は、瑚春というひとりの人間の「ｒｅｓｔａｒｔ」の話であり、それと同時に冬眞という人間の「ｓｔａｒｔ」の話であるのだと思っています。大切なものをもう一度見つけた人間と、大切なものをようやく手に入れた人間の、プロローグのようなものですね。

大切なものは誰にでもあると思います。でもその大切なものがもうその手には無い人もいるでしょう。物であったり夢であったり人であったり、形はそれぞれ、自分にとってかけがえのないもの。だけどそれはけして失ったわけではないのだとわたしは思っています。二度と手に入らない場所に行ってしまってこちらからは見えなくなっても、必ずどこかにそれは居て、臆病な自分を見守って応援してくれている。そう思うだけでなんだか少し、また立ち上がれそうな気がします。

もし本作を読んでも特に何も残らなかったわ、と思われた方がいてもそれは構いません（楽しい読書を提供できなかったことは申し訳ないですが……）。ただこの本が、いつか誰かが何かに気づくきっかけに、もしかしたらなることもあるかもしれない。そのときはおまえ、絶対に力になってやれよと、そういう思いで本作を形にし、送り出させて頂きました。忘れられてもこっそりそばにいることをお許しくださいませ。

最後に。本作を形にしてくださった出版社の皆さま。瑚春と冬眞、そして春霞を描いてくださったカスヤナガトさま。最高の一冊に仕上げてくださったデザイナーの西村さま。そしてこの本を手に取ってくださった皆さま。本当に本当にありがとうございました。

二〇一六年十二月　　沖田　円

この物語はフィクションです。実在の人物、団体等とは一切関係がありません。

沖田 円先生へのファンレターのあて先
〒104-0031　東京都中央区京橋1-3-1　八重洲口大栄ビル7F
スターツ出版(株) 書籍編集部 気付
沖田 円先生

春となりを待つきみへ

2016年12月28日　初版第1刷発行
2017年2月7日　　第4刷発行

著　者　沖田円　©En Okita 2016

発行人　松島滋
デザイン　西村弘美
DTP　株式会社エストール
編　集　篠原康子
　　　　堀家由紀子
発行所　スターツ出版株式会社
　　　　〒104-0031
　　　　東京都中央区京橋1-3-1　八重洲口大栄ビル7F
　　　　TEL　販売部　03-6202-0386（ご注文等に関するお問い合わせ）
　　　　URL　http://starts-pub.jp/
印刷所　大日本印刷株式会社

Printed in Japan

定価はカバーに記載されています。
ISBN　978-4-8137-0190-3　C0193

スターツ出版文庫　好評発売中!!

『夕星の下、僕らは嘘をつく』　八谷《はちや》 紬《つむぎ》・著

他人の言葉に色が見え、本当の気持ちがわかってしまう――そんな特殊能力を持つ高２の晴は、両親との不仲、親友と恋人の裏切りなど様々な悲しみを抱え不登校に。冬休みを京都の叔母のもとで過ごすべく単身訪ねる途中、晴はある少年と偶然出会う。だが、彼が発する言葉には不思議と色がなかった。なぜなら彼の体には、訳あって成仏できない死者の霊が憑いていたから。その霊を成仏させようと謎を解き明かす中、あまりにも切ない真実が浮かび上がる…。

ISBN978-4-8137-0177-4 ／ 定価：本体620円＋税

『天国までの49日間』　櫻井《さくらい》千姫《ちひめ》・著

14歳の折原安音は、クラスメイトからのいじめを苦に飛び降り自殺を図る。死んだ直後に目覚めると、そこには天使が現れ、天国に行くか地獄に行くか、49日の間に自分で決めるように言い渡される。幽霊となった安音は、霊感の強い同級生・榊洋人の家に転がり込み、共に過ごすうちに、死んで初めて、自分の本当の想いに気づく。一方で、安音をいじめていたメンバーも次々謎の事故に巻き込まれ――。これはひとりの少女の死から始まる、心震える命の物語。

ISBN978-4-8137-0178-1 ／ 定価：本体650円＋税

『そして君は、風になる。』　朝霧《あさぎり》 繭《まゆ》・著

「風になる瞬間、俺は生きてるんだって感じる」――高校１年の日向は陸上部のエース。その走る姿は、まさに透明な風だった。マネージャーとして応援する幼なじみの柚は、そんな日向へ密かに淡い恋心を抱き続けていた。しかし日向は、ある大切な約束を果たすために全力で走り切った大会後、突然の事故に遭遇し、柚をかばって意識不明になってしまう。日向にとって走ることは生きること。その希望の光を失ったふたりの運命の先に、号泣必至の奇跡が…。

ISBN978-4-8137-0166-8 ／ 定価：本体560円＋税

『夢の終わりで、君に会いたい。』　いぬじゅん・著

高校生の鳴海は、離婚寸前の両親を見るのがつらく、眠って夢を見ることで現実逃避していた。ある日、ジャングルジムから落ちてしまったことをきっかけに、鳴海は正夢を見るようになる。夢で見た通り、転校生の雅紀と出会うが、彼もまた、孤独を抱えていた。徐々に雅紀に惹かれていく鳴海は、雅紀の力になりたいと、正夢で見たことをヒントに、雅紀を救おうとする。しかし、鳴海の夢には悲しい秘密があった――。ラスト、ふたりの間に起こる奇跡に、涙が溢れる。

ISBN978-4-8137-0165-1 ／ 定価：本体610円＋税

書店店頭にご希望の本がない場合は、書店にてご注文いただけます。